初歩からのシャーロック・ホームズ

北原尚彦
作家・ホームズ研究家

JN054248

706
中公新書ラクレ

まえがき

シャーロック・ホームズ――世の中のほとんどの方が、少なくとも名前だけは知っているはずだ。名探偵であり、相棒はワトスン博士。彼のイメージ（鹿撃ち帽、インヴァネスコート、パイプ、虫眼鏡）は、探偵の「アイコン」とすら化している。これらのアイテムの幾つかを持っていれば、それは探偵か調べものをしている人物を意味するほどだ。シャーロック・ホームズが初めて世に出たのは１８８７年。それから既に百数十年が経過しているにもかかわらず、その人気と知名度は衰えることを知らない。
　ホームズの名を全く聞いたことがない、という人のほうが、絶対的に少数派だろう。だが、シャーロック・ホームズの本を読んだことがあるか、という問いに対しては、手を挙げる方はがくっと減るだろう。ましてや原作をすべて読んだという方は、さらに減ることと思う。ほかの探偵小説に比べれば読まれているほうだとは思われるが、誰でもというわけにはいくまい（ほんのごくごく少数かもしれないが「実在の人物だと思っていた」という方すらいるかもしれない）。

原作者が誰であるか、問われても答えられない人もいるだろう。アーサー・コナン・ドイルという名前を聞いたことがあっても、「『名探偵コナン』のネーミングの元になった人？」というぐらいの認識の人のほうが、今や多いかもしれない。

一方で、近年、ＢＢＣドラマ『SHERLOCK／シャーロック』や、ガイ・リッチー監督映画『シャーロック・ホームズ』によって、ホームズ人気及び認知度が一気に上がった。さらにはコンピュータゲーム『大逆転裁判』やスマホ用ゲーム『Fate/Grand Order』（通称ＦＧＯ）のキャラクターとしてホームズが採用されたことにより、より広範囲でホームズが知られるようになった。『憂国《ゆうこく》のモリアーティ』のように、ホームズの登場人物をアレンジしたコミックも、多数描かれている。

そのような映像やゲーム、コミックをきっかけにして、シャーロック・ホームズについて知りたいと思われる方にも、入り口となるような本――それが本書である。

何を今さら、と思われるかもしれないが、ＳＮＳなどの発言を見ていると、ホームズについて「どれから読んだらいいのかわからない」「どの順番に読むのが正しいのか」「翻訳の種類が多いがどれを選べばいいのだろうか」といった声があったのだ。これには、ああそうか、とかえって目からウロコが落ちた。ホームズをよく知っている人間には、思いつきにくい疑問である。

そこで本書では、これ一冊を読めば誰でもシャーロック・ホームズについて一通りのことがわかる、ということを目指した。

活字以外のメディアでシャーロック・ホームズに触れて、「原作はどうなっているのだろう」と思った人は、ぜひとも原作を読んでみてほしい。原作読了後に改めて映像やゲームやコミックを嚙《か》み締めると、面白さが何倍にも増えることは確実だ。ホームズとワトスンの関係はどうだったのか。「バリツ」とは何だったのか。モリアーティ教授とはどんな人物だったのか……。本書は、それをフォローするよう執筆した。ホームズが登場するマンガやゲームについても紹介したが、ややマニアックな作品紹介となっているので、興味のあるところだけ拾い読みしていただいて構わない。

また、原作を読みきった後にどちらへ進むべきか、道は全方向に広がっているので、その指針ともなるよう努めた。

既に原作を読んでいる方でも、より理解が深まるように歴史的背景などを解説した。本書を読めば、ホームズの世界の魅力をより一層感じ取れるようになると思う。

各章の内容について、概説しておく。

「第1章　初めてのシャーロック・ホームズ」では、ホームズについての基礎中の基礎を解説した。これから初めてホームズの原作を読もうという方、若い頃に児童書で読んだきりだという方は、ぜひここから読んでいただきたい。既にホームズには詳しいという方はななめ読みしていただければよいだろう。

「第2章　華麗なる登場人物たち」では、ホームズ自身やワトスン博士をはじめ、原作に登場する主な人物を紹介する。ホームズ作品の主要な魅力は、これらのキャラクターの奥深さにあるのだ。

「第3章　ホームズが活躍した「舞台」（時代と地理）」では、ホームズの世界の〝背景〟を解説した。やや社会科の授業めいてしまうが、どんな時代であったのか、どんな場所であったのかを知っておくと、作品を楽しむ手助けになるのは確実だ。

「第4章　「正典」紹介」では、いよいよホームズの原作そのものを紹介する。発表・

出版の状況と、作品の内容との両面に重点を置いた。一度読んだけれども忘れてしまった、という方は、適宜参照していただきたい。なお、本書はこれから原作を読むという方に配慮して、最終的な結末や謎解きには触れていない。既に知っているという方には隔靴掻痒《かっかそうよう》かもしれないが、ご了承を。

「第5章　真の作者アーサー・コナン・ドイル」では、原作者コナン・ドイルの生涯——彼がいかにしてホームズを生み出し、それを書き続けることになったかなど——や、ホームズ以外の作品について解説した。

「第6章　次に進むべき道」は、ホームズ原作をすべて読んでしまったけれども、もっとホームズの世界にひたっていたい、という方のために用意した。パロディやパスティーシュ、研究書、そしてホームズ団体と、進むべき道は幾つもある。

「第7章　メディアミックス、そして未来へ」では、活字メディア以外におけるシャーロック・ホームズを紹介した。映画やドラマ、コミック、ゲームなどなど。特にコミックやゲームについては、全体像をまとめて解説されることがあまりなかったので、やや詳しく書いておいた。ここで得た新たな情報へと手を伸ばしていただければ、幸いである。

さて。それではホームズが住むベイカー街221Bの部屋へと17段の階段を登り、扉を開けてみることにしよう。

初歩からの
シャーロック・ホームズ

目次

凡例

単行本・長篇のタイトルは『　』を、短篇などは「　」を、雑誌は〈　〉を、シリーズ名は《　》を使用しています。

本書でとりあげた「正典」(原作)のタイトルや引用は光文社文庫版に則っています。

初歩からのシャーロック・ホームズ

第1章　初めてのシャーロック・ホームズ

そもそもシャーロック・ホームズとは何者なのか

シャーロック・ホームズという名前こそ有名だが、では彼が何者なのか、正確に知らない人もいるだろう。探偵の代名詞となっているので、探偵だということだけは知っているかもしれないが、「まえがき」で述べたように実在の人物だと思っている人もいるだろう。

シャーロック・ホームズは、英国の作家アーサー・コナン・ドイルが小説の中で生み出したキャラクター、創作上の存在である。

1887年発表の長篇『緋色《ひいろ》の研究』で初登場し、最終的に長篇4冊、短篇集5冊

（短篇56作）が書かれた。

最初に書かれたふたつの長篇『緋色の研究』と『四つの署名』はさほどの話題とならなかったが、〈ストランド・マガジン〉にて一話読みきりの連作短篇形式での連載が始まると、爆発的な大人気となった。この人気は、〈ストランド・マガジン〉の売上を伸ばす役割を、大いに果たしたのである。

ホームズは警察や探偵社には所属しない、独立独歩の私立探偵である。依頼を受けて事件を調査する「諮問《しもん》探偵（コンサルティング・ディテクティヴ）」だ。

住所はロンドンのベイカー街２２１Ｂ。シャーロック・ホームズのファンから、未だにこの住所宛てに手紙が送られてくるという。

ホームズの相棒は、医者のジョン・Ｈ・ワトスン博士。ホームズと行動を共にするだけでなく、記録係も務める。児童書などでは「助手」と訳している場合もあるが、対等な「パートナー」であり、日本語にするなら「相棒」である。

コナン・ドイルは当初は医者をしながら執筆する兼業作家だったが、〈ストランド・マガジン〉での連載を始めてから専業作家となる。だがほかに書きたいものがあったため、「最後の事件」で一旦はホームズのシリーズを終結させた。しかし編集者や読者か

シャーロック・ホームズ〈ストランド・マガジン〉1891年12月号

らの要望はいつまでも続き、結局はホームズを復活させ、最終的にコナン・ドイルはこの世を去る少し前までホームズを書き続けたのである（詳しくは「第5章　真の作者アーサー・コナン・ドイル」に述べる）。

　コナン・ドイルの死後もシャーロック・ホームズの人気は衰えず、21世紀まで読み継がれてきた。日本語はもちろん、世界中のさまざまな言語にも翻訳された。ホームズのイメージは、探偵そのもののアイコンとして世の中に流布している。

　シャーロック・ホームズは一般に広く知られているのみならず、深くマニアックに愛好し研究する人々をも生んでいる。

　そんなホームズ愛好家・ホームズ研究家は「シャーロッキアン」と呼ばれる。そして彼らは、コナン・ドイルの書いたホームズのシリーズ60作をキャノン（正典）と呼ぶ。以下、本書でもそれを踏襲させていただく。

原作はどの順番で読めばいいのか

これから原作（正典）を読むという方は、どの順番で読めばいいのかわからないかもしれない。「絶対に全作読む」という決意のもとに読み始めるならば、刊行順（発表順）がベストだろう。

『緋色の研究』
『四つの署名』
『シャーロック・ホームズの冒険』
『シャーロック・ホームズの回想』
『バスカヴィル家の犬』
『シャーロック・ホームズの生還』
『恐怖の谷』

『シャーロック・ホームズ最後の挨拶』
『シャーロック・ホームズの事件簿』

——この順である。

しかし「面白いかどうか、試しに読んでみたい」という場合。それだと、ちょっと事情が違ってくる。第1作『緋色の研究』は長篇であり、かつ後半はアメリカを舞台にしたウェスタン小説のような展開となり、ホームズが出てこない（最後にまた出てくるが）。なので「ホームズの話を読みたかったのに……」となってしまうかもしれない。

そこで「とにかくホームズを一冊読んでみたい」という方には、わたしは『シャーロック・ホームズの冒険』をお勧めすることにしている。これには「赤毛組合」「唇のねじれた男」「まだらの紐」など有名作が入っているし、おまけにハズレなしの傑作揃いだ。そもそも、ホームズの人気が爆発的に広がったのも、この『冒険』としてまとまった連作短篇形式での連載が始まってからなのだ。つまり、ホームズ物の魅力を、世に知らしめた作品群なのである。

しかし、シリーズがどう始まったのか、ホームズとワトスンがどう知り合ったのかなどを知っておきたい、という方もいるだろう。そういう方にお勧めしているのは、まず『緋色の研究』の第1章「シャーロック・ホームズ君との出会い」から、第3章「ローリストン・ガーデンズの怪事件」で事件の依頼が来る辺りまで読み、そこで一旦本を閉じて、それから『シャーロック・ホームズの冒険』を読む、という方法だ。『冒険』を読んでホームズを気に入れば、『緋色の研究』に戻って、続きを読めばいい。

ただ、『緋色の研究』で同居を始めたはずのホームズとワトスンが、『冒険』では別々なところに住んでいる。その間に挟まる『四つの署名』に、その経緯は書かれている。そういった細かいところを気にしなければ、正典は基本的にどのエピソードも独立しているので、ある程度は順番をばらばらに読むのもアリだが、ここだけは順番を間違えないでほしい、という作品がある。『シャーロック・ホームズの回想』のラストの「最後の事件」と、『シャーロック・ホームズの生還』の最初の「空き家の冒険」である。つまり『回想』を読まずして『生還』を読んではいけない。タイトルから推測がつくと思うが、「最後の事件」はホームズが（一旦）退場するエピソードであり、「空き家の冒険」はホームズが再登場するエピソードなのである。かつての児童書ではこれを軽視したものがあり、「空き家の冒険」を先に読んでしまったためよくわからなかった、という読者もいる。

もしもホームズ初体験で「たまたま家に『生還』だけあるので読んでみる」という方がいたら、冒頭の「空き家の冒険」を飛ばして、2番目の作品から読むようにするといいだろう。

引退後の話や、年代的にずっと後の話が入っている『シャーロック・ホームズの事件簿』や『シャーロック・ホームズ最後の挨拶』も、できるならば後回しにしていただきたい。

ちくま文庫の『詳注版 シャーロック・ホームズ全集』は、発表順ではなく、事件の発生年月日順（ウィリアム・S・ベアリング゠グールドの研究による時系列順）に全作並べなおしてあるので、ホームズ原作初体験という場合は避けたほうがいいかもしれない。

原作の多数ある邦訳からどれを選べばよいのか

どの作品からどの順番で読むかが決まったとして、書店へ行ってみよう。すると、シャーロック・ホームズは幾つもの出版社から出ているではないか。初めてホームズを読む人には、どれを選べばよいのかわからないだろう。しかし「一番いいのはこれ」と断言するのは難しい。よってここでは、各社の特徴を紹介することにしよう。それでも最低限の絞り込みは必要なので、「手に取りやすい文庫」であり、かつ「現在流通しているもの」から選ぶことにする。

それでは、まずは新潮文庫版から。これは延原謙の個人全訳で、古風な文体で知られる。やや時代がかってはいるが、それもホームズの雰囲気に合っているだろう。また元々はもっと古めかしい表現だったが、延原展（延原謙の嗣子）によって手が入れられている。ただし、新潮文庫版には他社にはない突出した特徴がある。各短篇集から数篇ずつが削られ、その削った作品をあわせて『シャーロック・ホームズの叡智』という新たな短篇集が編まれていることだ。つまり新潮文庫版のホームズは、全部で10冊あるのだ。そのため、読む順番も特殊になってしまう。原書の通りの刊行順に読もうとしたら、短篇集を読む際は1冊読むたびに『叡智』で補完しなければならない。しかし、１９９１年に創元推理文庫から『シャーロック・ホームズの事件簿』が

『シャーロック・ホームズの冒険』新潮文庫版

『四つの署名』光文社文庫版

出るまでは文庫で正典全作品を読もうとするとこの新潮文庫版しかなかったし、「延原訳の雰囲気がいい」というファンもいる。

　続いては光文社文庫版。日暮雅通の個人全訳で、２００６年から２００８年にかけて刊行された。訳者がシャーロッキアンであり、ホームズ関係書籍の翻訳で知られるベテランなので、ホームズ研究の蓄積を踏まえた訳語・訳文になっている。それゆえ、安心して読める翻訳だ。「注釈付き」と謳うほどではないが、簡単な注釈が付されている。巻末には訳者による解説だけでなく、さまざまな作家や有名人によるホームズに関するエッセイが収録されているのも特徴。

　光文社文庫版の訳者がベテランなら、創元推理文庫版の訳者は超ベテランの深町眞理子。同文庫からはかつて阿部知二訳が刊行されていたが、版権の関係で『事件簿』は出ていなかった。『事件簿』を出せるようになったときには阿部知二は故人で、深町眞理子が翻訳。その後、２０１０年から深町眞理子による個人訳《シャーロック・ホームズ全集》がスタート。２０１７年に自身による新訳『事件簿』を出して完結した。創元推理文庫はミステリとSFを中心とした文庫なので、ミステリ好きならば「やはり創元推理文庫版」と考えることだろう。原作の雑誌掲載時のイラストもセレクトして収録。

河出文庫版は、小林司・東山あかねの訳。このふたりは日本シャーロック・ホームズ・クラブを立ち上げ、主宰していた人物で、我が国におけるホームズ研究環境を作った功績者である（注釈部分の翻訳は高田寛）。これは先に河出書房新社からハードカバーで刊行された注釈付き全集（オックスフォード版の翻訳）の文庫化。しかしそのままだと分厚くなりすぎてしまうため、文庫化の際に注釈が間引かれている。よって、ホームズ

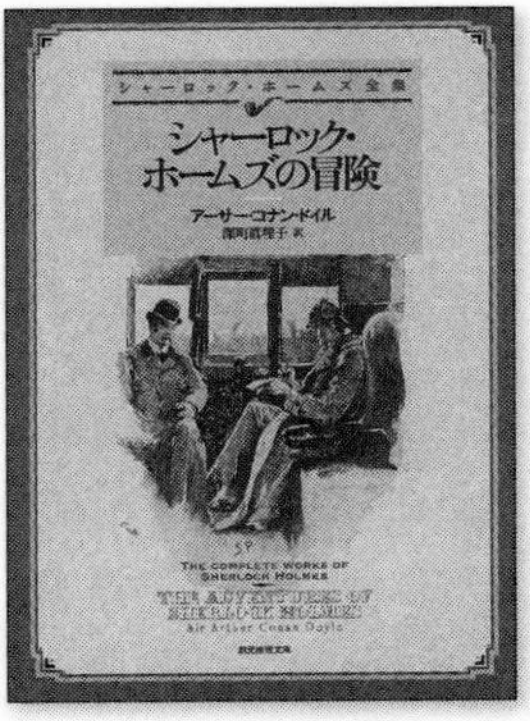

『シャーロック・ホームズの冒険』創元推理文庫版

『バスカヴィル家の犬』河出文庫版

ステッキをふるうホームズ〈ストランド・マガジン〉1892年２月号

研究資料としては注釈が完全なハードカバー版も揃えておきたいところ（こちらは２０２０年現在版元品切れ中）。また小林司は精神医学者だったため、解説でもややそちら方面に偏りがちなきらいがある。

ここでは手に入れやすいものを紹介しているが、現在品切れながらも、ちくま文庫版は取り上げておかねばなるまい。これはW・S・ベアリング＝グールドによる注釈が付された『詳註版　シャーロック・ホームズ全集』。以前東京図書から刊行されていたものの文庫化である。これは右に紹介した文庫群とは根本的に違い、シャーロッキアン的に「事件発生年月日」を推測して時系列順に作品を並べ直してある。原書が１９６７年刊行なのでやや古びているところもあるが、その詳細な注釈はホームズ研究の基礎資料と言える。文庫化の際に原書にはない『シャーロック・ホームズ事典』（北原尚彦）が別巻として追加された。そちらは人名・地名など固有名詞が解説されているのに加え、その名前がどの巻のどのページに登場するかまで引けるインデックス機能が備えられている。

――というわけで、初めてホームズを読むならば、前記の新潮文庫・光文社文庫・創元推理文庫・河出文庫の4種類から選ぶのが妥当なところだろう。ただし、若い方は最初は新潮文庫以外が無難かもしれない。訳文を比較してみたくなったら、少しずつ複数種類の文庫を増やしていけばよい。そして研究をするならばちくま文庫版や河出書房新社ハードカバー版……と揃えていくとよいだろう。

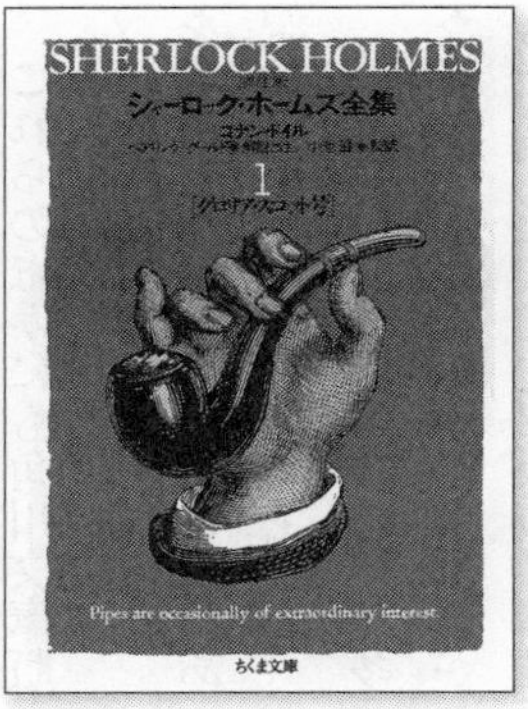

『詳注版　シャーロック・ホームズ全集1』ちくま文庫版

『恐怖の谷』角川文庫版

これらのほかにも角川文庫版があるのだが、2020年時点で『シャーロック・ホームズの事件簿』が出ていない。8冊まで刊行されたので最後まで出すだろうから、完結を期待したい。小林司&東山あかねや日暮雅通と同様、シャーロッキアンの駒月雅子の訳(『冒険』のみ石田文子訳)。

児童向けについては種類が多すぎるが「現在入手可能」で「全話訳されている」ものならば、講談社青い鳥文庫版がハンディで手に取りやすいだろう。訳者の「日暮まさみち」は、光文社文庫版の日暮雅通である。全16巻で、イラストも多い。現在は装丁・イラストを一新した「新装版」になっている。

偕成社の《完訳版 シャーロック・ホームズ全集》全14巻は、短篇集を上下分冊にしているものの、『冒険』『事件簿』など、原書の収録のままで刊行している。児童書ながら完訳であるところも特徴。また〈ストランド〉誌のイラストも用いられている。ただし、翻訳は複数の訳者による。黒い背表紙が特徴で、ずらりと並べると壮観。

昔、ポプラ社から《名探偵ホームズ》の叢書名で刊行されていたシリーズ(全20巻)は、山中峯太郎による大胆な翻案で、全60話が収録されていた。それが近年、平山雄一編『名探偵ホームズ全集』全3巻(作品社)として復刊された。かつてポプラ社の山中版に親しんだという方にはお勧めである（初めてホームズを読むという方には、現代においてはややハードルが高いかもしれない）。

以上、本章ではこれからシャーロック・ホームズの世界へ足を踏み入れる場合の道案内を行った。続いては、この世界が我々を魅了する最大の要素、主要な登場人物たちを見ていくことにしよう。

第2章　華麗なる登場人物たち

天才的な観察眼と洞察力をもつ探偵――シャーロック・ホームズ

シャーロック・ホームズ・シリーズの人気の秘密は、登場人物の魅力にあると言っていいだろう。本章では、その主要なキャラクターたちを順に紹介していくことにしよう。

まずは、何はさておき、シャーロック・ホームズから。

ロンドンのベイカー街221Bに住む職業探偵で、世界初にして（当時は）唯一の「諮問探偵」。頭脳明晰で推理力に優れている。初めて会った人物でも、その職業や行動などをぴたりと言い当ててしまう。しかし冷血ということはなく、情に厚いところもある。

相棒及び記録係は、医者のワトスン博士（次の項で詳述）。身長は6フィート（約183センチ）と高いが痩せているため、見た目だともっと高い印象がある。髪や眉毛は黒。目はグレイで眼光鋭く、鷲鼻《わしばな》。化学実験を好み、部屋に器具を備えている。事件の捜査のためだけでなく、あくまで趣味のための実験も行った。

タバコ好きで、紙巻タバコなども吸ったが、特にパイプを愛用している。事件がなく暇になるとコカインの7パーセント溶液を注射して刺激を求めるという悪癖があった（当時は合法だった）。

酒はウィスキーのソーダ割りを好み、部屋にガソジーン（炭酸水製造器）が置いてあった（「ボヘミアの醜聞《スキャンダル》」「マザリンの宝石」）。「ヴェールの下宿人」では、モンラッシェ（白ワインの一種）を飲んでいる。また「最後の挨拶」では、ワトスンとともにトカイ・ワイン（ハンガリー産で甘くとろみのあるワイン）で祝杯を上げている。

『緋色の研究』で、ワトスン博士が「シャーロック・ホームズの知識と能力」を一覧表にしており、これがホームズのことをよく表わしているので、引用しておこう。

一、文学の知識——ゼロ。
二、哲学の知識——ゼロ。
三、天文学の知識——ゼロ。
四、政治学の知識——きわめて薄弱。
五、植物学の知識——さまざま。ベラドンナ、アヘン、その他有毒植物一般にはくわしいが、園芸についてはまったく無知。
六、地質学の知識——限られてはいるが、非常に実用的。一見しただけでただちに各種の土壌を識別できる。たとえば、散歩のあとズボンについた泥はねを見て、その色と粘度から、ロンドンのどの地区の土かを指摘したことがある。
七、化学の知識——深遠。
八、解剖学の知識——正確だが体系的ではない。
九、通俗文学の知識——幅広い。今世紀に起きたすべての凶悪犯罪事件に精通しているらしい。
一〇、ヴァイオリンの演奏に長《た》けている。
一一、棒術、ボクシング、剣術の達人。

一二、イギリスの法律に関する実用的な知識が豊富。

文学については、ホームズはシェイクスピアから何回か引用しているし、「ボスコム谷の謎」では事件現場へ向かう列車の中で『ポケット版 ペトラルカ詩集』を読んでいるので、知識が「ゼロ」というのは言いすぎだろう。まだ知り合って間もない時期だったので、ワトスンはホームズの文学に関する嗜《たしな》みに接する機会がなかったのかもしれない。

シャーロック・ホームズ〈ストランド・マガジン〉1893年10月号

天文学についても同様で、「ギリシャ語通訳」においてホームズは「黄道の傾斜角度の変化」という高度な知識を披露している。

それ以外の特徴を、ピックアップしてみよう。

推理の邪魔になるからと、恋愛は避けるようにしている。しかし女性の気持ちを摑《つか》むことに関しては長けている。悪漢の屋敷に関する情報を入手するため、鉛管工に変装して短期間でメイドと婚約までしたことがある。

事件を引き受けている際には「食事をすると脳の働きが悪くなるから」と食事をおろそかにする。考え事をしたり依頼人の話を聞いたりする際には、両手の指先を山型に突き合わせる癖がある。

正典に記述はないが、誕生日は1月6日であるとするシャーロッキアンの説がほぼ定着している。

複数の著作や論文を書いており、「人生の書」「各種煙草の灰の識別について」などがある。

ボクシングなどのほかに、日本の「バリツ」という格闘技を身につけている。このバリツが何であるかは「ジュウジュツ（柔術）」であるとか、「ブジュツ（武術）」であるとか諸説あったが、日本の格闘技とステッキ術を融合させた護身術「バーティツ」であるとする説が現在では有力である。

田舎の大地主の家系であり、祖母はフランスの画家ヴェルネの妹。家族に関しては、マイクロフトという兄がいることだけははっきりしている（後述）。

大学には行っているが、どこの大学かは不明。在学中に、学友の実家で事件を解決し、職業探偵の道へ進むことを勧められた。ワトスンとベイカー街で共同生活を始める前は、モンタギュー街（大英博物館の東）で探偵の仕事をしていた（245ページに「ホームズが生きたヴィクトリア時代のロンドン地図」を掲げたので、参考にしていただきたい）。

「ノルウェー人探検家シーゲルソン」「バジル船長」などと変名を使ったことがある。

彼が現役時代に手がけた事件については「第4章「正典」紹介」で詳述する。

探偵業から引退した後は、サセックスの丘陵《きゅうりょう》で隠遁《いんとん》生活を送り、養蜂をして蜜蜂の研究をしつつ、探偵術に関する執筆もしていた。さらにその後、政府の要請により、お国のために働いたことがある。

死亡については不明。シャーロッキアンは「〈タイムズ〉に死亡記事が載っていないのだから、未だに生きているのだ」と言う。

インヴァネス（ケープ付きコート）を着ているイメージが強いが、原作では地方へ行くときに「旅行用のマント」に身を包んでいたと書かれているだけで、「インヴァネスを着ている」という記述はない。ロンドンの街中ではフロックコート姿が多い。

帽子も同様で、ホームズの帽子というとディアストーカー（鹿撃ち帽）のイメージがあるが、これも原作の本文中では地方行きの際に「耳覆い付きの旅行帽」をかぶったという記述があるだけ。インヴァネスもディアストーカーもイラストで描かれ、それが舞台や映画で強調された末、ホームズのイメージとして定着した。

ホームズ以前にもオーギュスト・デュパン（エドガー・アラン・ポー作）や名探偵ルコック（エミール・ガボリオ作）のように小説中の探偵は存在したけれども、名前だけでなくイメージも含めて、名探偵の代表と言えばシャーロック・ホームズなのである。

ホームズの真の友——ワトスン博士

シャーロック・ホームズのシリーズにおいて、ホームズの次に重要な人物——いや、同等に重要な人物と言っていいだろう——、それはジョン・H・ワトスン博士だ。

ベイカー街221Bの部屋にホームズと共に住んでいて、ホームズの探偵業の相棒であり、記録係でもある。ホームズ正典は（ごく僅《わず》かな例外を除いて）ワトスン博士が書いた形になっている。

1878年にロンドン大学で医学博士号を取得後、ネトリー陸軍病院で軍医としての研修を受けた。その後、第五ノーサンバーランド・フュージリア連隊に配属され、インドへ向かう。到着時点で第二次アフガン戦争が勃発していたため、隊を追ってこの戦争に従軍。マイワンドの戦いで負傷して病院に収容された後、腸チフスにかかって衰弱し、英国に送り返された。ロンドンで財政的に先行きが怪しくなった頃、旧知のスタンフォードとばったり出会い、下宿の家賃を分担できる同居人を探しているという人物の話を聞かされる。渡りに船とばかりに飛びついたところ、それがシャーロック・ホームズだ

ワトスン博士〈ストランド・マガジン〉1891年7月号

ったのである。

頑健な人物で、「サセックスの吸血鬼」の記述によれば、かつてラグビーをしていたこともある。競馬が好きで、傷痍《しょうい》年金のおよそ半分をつぎ込んでいたという（「ショスコム荘」）。「踊る人形」では、クラブでサーストンという人物とビリヤードをしていたことをホームズに言い当てられているが、この際もお金を賭けていたかもしれない。しかしそのサーストンに勧められたアフリカの株への投資（かなり賭博性が高い）は断っているので、賭けられれば何でもいいというわけではないようだ。

家族構成については、『四つの署名』における記述によってファーストネームのイニシャルが「H」の兄（シャーロッキアンの一説では「ヘンリー」）がいることだけは判明しているが、その兄も既に亡くなっており、ホームズと同居を始めた時点で天涯孤独だったようである。

結婚してベイカー街から離れていた時期もある。『四つの署名』事件で出会ったメアリ・モースタン嬢と婚約し、後の記述からすると彼女と結婚生活を送っている。パディントンに引っ越して、自宅兼医院を構えていた。その時期でも、ホームズに呼び出されれば一緒に調査をし、相棒を務めた。

しかし事件記録（正典）を時系列順に並べなおしてみると、『四つの署名』事件以前にも結婚していた時期があるようなのである。そのため、シャーロッキアンによってワトスン複数回結婚説が唱えられている。また、2回だけでなくそれ以上だとする説もある。

説といえば、従軍した際にワトスンがどこを負傷したかも、諸説ある。『緋色の研究』では〝肩〟を撃たれたと書かれているが、『四つの署名』では〝脚〟を撃たれた、と記されているのだ。シャーロッキアンの間では「肩説」「脚説」「両方説」「恥ずかしいところを撃たれたために誤魔化した説」などに分かれている。

また正典では、ミドルネームの「H」が何の略であるかは記されていない。しかしシャーロッキアンの間では「H」＝「ヘイミシュ」である、つまりフルネームは「ジョン・ヘイミシュ・ワトスン」である、というのが定説となっている。

ワトスンのファーストネームは「ジョン」なのに、妻が一度だけ「ジェイムズ」と呼んでいるシーンがある。これも正典の謎のひとつなのだが、スコットランド語で「ヘイミシュ」がジェイムズと同義であるため、ミドルネームの「H」が実は「ヘイミシュ」であり、それゆえ妻は家庭内で愛称として「ジェイムズ」と呼んでいた――と結論付けられたのだ。この説を唱えたのは、ミステリ作家でありシャーロッキアンでもある、ドロシイ・L・セイヤーズである。

ホームズの引退後は別々に暮らしていたが、週末にはたまにサセックスの隠居地へホームズを訪ねていた、と「ライオンのたてがみ」で語られている。しかし同事件はワトスンのいないときに発生したため、ホームズ自身が筆を執っている。そしてホームズが「最後の挨拶」の事件で久々に現役復帰した際には、ワトスンも協力要請を受け、久方ぶりの再会を果たした。

何年も死んだと思っていたホームズが突然生きて目の前に現れた際には失神したりしているため、「ワトスンは女だった」という説を唱えるシャーロッキアンもいる。

ベイジル・ラスボーンがシャーロック・ホームズを演じた映画では、ナイジェル・ブルースが〝間抜けな引き立て役〟としてワトスンを演じたため、長らくワトスン自体にもそのイメージが持たれていた。それを払拭し、正典本来の「対等のパートナーである、理知的な医師」としてのワトスンのイメージに戻したのは、グラナダ版ドラマ『シャーロック・ホームズの冒険』におけるワトスン俳優デヴィッド・バーク（及び後半のエドワード・ハードウィック）の功績が大きい。

ホームズ以前の創作上の探偵、ポーの生んだオーギュスト・デュパンにも相棒はいた。しかしホームズとワトスンのコンビの印象があまりにも強すぎるため、探偵の相棒のことは「ワトスン役」と呼ばれるようになっている。

やはり、シャーロック・ホームズが未だに人気があるのは、ワトスンというパートナーがいてこそなのである。

ベイカー街221Bの大家――ハドスン夫人

ホームズとワトスンの住むベイカー街221Bは下宿である。下宿であるからには、大家がいる。それが、ハドスン夫人である。

まかないつきなので食事を用意してくれたり、部屋の掃除をしてくれたりと、ホームズたちの身の回りを気遣ってくれる。また客を取り次いでくれたりもするので、単なる大家というよりも「下宿のおかみ」である。それゆえ、正典の中にはしばしばその姿を見せる。

ただし、「ボヘミアの醜聞」では一度だけ、〝ターナー夫人〟が料理を持ってきており、これはシャーロッキアンの間でも研究の対象となっている。ハドスン夫人が不在だったため彼女の友人が代理を務めていた説、ハドスン夫人が料理をしたけれど忙しくてターナー夫人に食事を出すのだけ頼んだ説などいろいろあるが、結論は出ていない。

正典第1作『緋色の研究』では〝下宿の女主人〟としか描写されていなかったが、第2作『四つの署名』から〝ハドスン夫人〟と呼ばれるようになる。その他「まだらの紐」「第二のしみ」「青いガーネット」では名前付きで登場するが、「オレンジの種五つ」では〝下宿のおかみ〟としか記されていない。

「空き家の冒険」では、ホームズが犯罪者に罠を仕掛ける手伝いをするという（実はやや危険な）仕事をしたこともある。また「瀕死の探偵」では、ホームズが死にそうだからと、大慌てでワトスンのところへ駆けつけて呼びにきている。

「海軍条約文書」でホームズはハドスン夫人を「なかなか気がきく人だね」と評しており、さらに「彼女の料理はバラエティにはいささか欠けるが、朝食の工夫に関してはスコットランド女性も顔負けだ」と語っている。ホームズは彼女を高く評価し、料理も気に入っていたようだ。ハドスン夫人はこの際にホームズのしかけた〝いたずら〟に一枚嚙んでおり、依頼人に非常に特殊な料理——彼が心から求めるもの——を出している。

ハドスン夫人のファーストネームは不明。「最後の挨拶」に登場してホームズを手伝ったマーサという人物こそハドスン夫人であり、〝マーサ・ハドスン夫人〟である、という説もある。

ハドスン〝夫人〟であるが、夫は一度も登場せず。未亡人だとも考えられるが、夫の生死は不明である。

外見はと言うと――実は原作には、年齢や容姿に関する記述が一切書かれていないのだ。〈ストランド〉誌連載時のイラストにも、描かれていない。グラナダ版ドラマ『シャーロック・ホームズの冒険』ではロザリー・ウィリアムズが演じていたので、〝小柄で白髪のおばさま〟という彼女のビジュアルでハドスン夫人をイメージされている方も多いことだろう。一方、アニメ『名探偵ホームズ』では（犬だが）若くて美人の未亡人として描かれていた。

ベイカー街221Bにおいては、ワトスンとともにホームズを支える、重要な人物である。

ロンドン警視庁のベテラン――レストレード警部

シャーロック・ホームズ正典には、当然ながら警察組織が登場する。その大半が（舞台がロンドンであるがゆえに）ロンドン警視庁「スコットランド・ヤード」である。ホームズと行動を共にするヤードの警官は何人もいるが、その代表格がレストレード警部だ。少なくとも正典として残されている記録の中では、最も登場率の高い警官はレストレード警部である。

それにもかかわらずファーストネームは不明で（登場回数はもっと少ないのにファーストネームが明かされている警官はいる）、そのイニシャルが「G」であることだけがわかっている。

レストレード警部（左）〈ストランド・マガジン〉1893年1月号

ワトスンとホームズの最初の出会いは『緋色の研究』だが、その時点で既にレストレードとホームズは知り合っていたので、こちらのふたりの最初の出会いがどのような状況だったのかをワトスンは知らず、記述されていない。

『緋色の研究』の序盤では、ワトスンはホームズと同居を始めたのに同居人が諮問探偵という職業なのだと、しばらく知らなかった。その段階でレストレードは週に3、4回もホームズを訪ねてきていた。そしてワトスンは、やはり最初はレストレードが警官だとは知らなかった。

この時点でレストレードは「小柄で血色の悪い、ネズミみたいな顔をした黒い目のこの男」と描写されている。しかし後に事件現場で出会ったときには「やせこけてイタチみたいな顔」だとワトスンは語っている。とにかく尖った顔なのかと思えば、「第二のしみ」事件の際には「ブルドッグのような顔」と書かれているではないか。どのようにイメージすべきか、実に難しいところである。

グラナダ版ドラマ『シャーロック・ホームズの冒険』では、コリン・ジェボンズが演じた。これによって、レストレードのビジュアル・イメージも少し定まったのではあるまいか。

その他、『四つの署名』「独身の貴族」「ボール箱」などなどの事件に登場。「六つのナポレオン像」冒頭でワトスンは、このように語っている。

スコットランド・ヤードのレストレード警部が夕方わたしたちのところに顔を出すのは、よくあることだ。そのときどきの警察本部の動向がわかるとあって、ホームズも警部の来訪を歓迎していた。レストレードが運んでくるニュースのお返しとしてホームズは、相手がかかわっている事件がどんなものであろうと細部に至るまで耳を傾け、ときには、直接あれこれ口をはさむのではなく、広い経験や知識からくるヒントなり進言なりをさりげなくもちだすこともあるのだ。

ホームズはレストレードの頭脳を賞賛することはなかったものの、しっかりとした信頼関係を築いていた。実際、『バスカヴィル家の犬』はロンドンではなく地方の事件であるにもかかわらず、ホームズはわざわざレストレードに協力要請し、呼び寄せているのだ。

ホームズの引退後、レストレードがどのように活動していたかは語られていない。しかしときどきは、ホームズの隠遁地であるサセックス州を訪ねていたのではないか。そのように想像してしまう。

シャーロック以上の頭脳を持つ兄——マイクロフト・ホームズ

シャーロック・ホームズの家族関係について、正典ではっきりと書かれているのは、祖母が画家ヴェルネの妹であることと、マイクロフトという兄がいることのみである。ホームズの相棒であり、かつ同居人であるワトスンも、「ギリシャ語通訳」事件において初めてシャーロック・ホームズから兄の存在を聞かされたのである。

そのときのワトスンの言によると——

わたしとシャーロック・ホームズとの親しい友だちづきあいも、けっこう長くつづいているが、これまでホームズは自分の親戚の話を一度もしたことがないし、自分の子どものころのこともめったに話題にしなかった。そういうことを口にしたがらないのは、どうも人間味に欠けるのではないだろうか。

——ということだった。さらには「自分の身内のことになるといっさい語らない。ホームズは天涯孤独の身の上なのだと思い込んでいたところ、ある日、ホームズが兄のことを話しはじめたものだから、わたしはすっかり驚いてしまった」のである。

マイクロフト・ホームズ〈ストランド・マガジン〉1893年9月号

マイクロフトはシャーロック・ホームズよりも七つ年上で、英国政府で会計の仕事をしている。表向きは下級役人だが、実際には英国の政策全般を調整しているのだという。弟よりもずっと恰幅がよくて胴回りはかなり大きく（つまり太っており）、弟よりもずっと背が高い（シャーロックも十分高いのに！）。そしてホームズに言わせれば、自分以上の観察力と推理力の持ち主なのである。

マイクロフトは人付き合いが苦手で、そのために社交嫌いの人間が集まる「ディオゲネス・クラブ」のメンバーである（しかも創立時の発起人のひとり）。

そのディオゲネス・クラブでシャーロックとマイクロフトが顔を合わせると、ワトスンの目の前で推理合戦（窓から見える通行人の分析）を始めてしまうのである。

人付き合いが不得手なだけでなく、出歩くことも嫌う。そのため弟以上の探偵となる素質を持っているにもかかわらず、実地の捜査をすることが苦手なので、探偵たりえないのだ。「ギリシャ語通訳」の事件も知人から持ち込まれたというのに、弟に丸投げするのである。普段はペル・メル街の住まいとホワイトホールの職場を往復するか、住まいの向かいにあるディオゲネス・クラブへ行くかぐらいしか運動しないのだ。

そんな彼だが、弟のためならば普段と異なる行動もいとわない。「最後の事件」では、シャーロック・ホームズとワトスンをロンドンから脱出させるため、箱馬車の御者を務めている（ワトスンを運んだのだが、ワトスンは彼に気づかなかった）。また「空き家の冒険」では、弟が英国を離れていた際にいろいろと尽力していたことが語られている。

そのふたつの事件ではマイクロフトは表立っては活動しないが、マイクロフトがもう一度はっきりと登場するのは「ブルース・パーティントン型設計書」である。このときには、マイクロフトの年俸が450ポンドであることや、役人としては下っぱだが、彼こそが英国そのものだと言ってもある意味正しいのだ、と明かされている。

こちらの事件では、英国政府が秘かに開発していた潜水艦の設計書が盗まれる。そのため、マイクロフトがシャーロックに協力を要請したのである。この際にはマイクロフトがわざわざベイカー街を訪ねるというので、ホームズをして「マイクロフトがこんなふうにレールをはずれるとは、驚きだよ！　これじゃあ、惑星だっていつ軌道をはずれるかわからないぞ」とか「そんな、天の支配者ジュピターとでもいうべき人物が下界へおりていらっしゃるとはね。いったいぜんたい何があったんだろう？」などと語らしめている。

頭脳派でありながら肉体派でもあるシャーロック・ホームズは痩せているため体格は対照的だが、背が高いところ、目が灰色なところ、頭脳明晰なところは共通しており、これはやはり遺伝の賜物だろう。

グラナダ版ドラマ『シャーロック・ホームズの冒険』でチャールズ・グレイが演じたマイクロフトは白髪だったためシャーロックよりかなり年上のイメージだったが、グレイはそれ以前に映画『シャーロック・ホームズの素敵な挑戦』でもマイクロフトを演じたことのある、いわば〝マイクロフト俳優〟なのである。

キャラクターが立っているため、彼を主人公にしたパスティーシュや、彼やディオゲネス・クラブこそ英国の諜報組織なのだと設定したパロディもある。

犯罪界のナポレオン——モリアーティ教授

シャーロック・ホームズの宿敵は誰か、と問われると、あまり詳しくない人だと「アルセーヌ・ルパン？」と答えてしまうかもしれない。だがそれはモーリス・ルブランの生んだキャラクターであり、ルパンのシリーズ中に『ルパン対ホームズ』という単行本があるが故の誤解だろう。

コナン・ドイルの書いたホームズ・シリーズの中に登場するホームズ最大の宿敵と言えば、それはジェイムズ・モリアーティ教授しかいない。

モリアーティ教授〈ストランド・マガジン〉1893年12月号

モリアーティ教授は「最後の事件」にて登場。ホームズに言わせれば〝犯罪界のナポレオン〟であり、ロンドンの悪事と迷宮入り事件のほとんどの黒幕である。自らは手を下さず、多数いる手下を駆使する。何らかの悪事を働こうとするものは彼に相談すれば、手はずが整えられて、実行に移すことになるのだ。巣の中心にいるクモのようなものだ、とホームズは語っている。

表向きは（というか実際に）数学の教授。名門の生まれで立派な教育を受けた、生まれながらにしての驚異的な数学の天才。21歳で二項定理に関する論文を書き、ヨーロッパ中にその名を轟《とど》かせた。英国のある大学で教授のポストを得たが、悪の道へと向かい始め、黒い噂が流れたために大学を辞めざるを得なくなった。ロンドンで陸軍軍人の個人教師になったが、いつしか犯罪界の王となっていたのである。

外見は、背がものすごく高いけれども背中が曲がっている。がりがりに痩せており、額は張り出して、両目は深く落ちくぼんでいる。頭を前に突き出して、爬虫類のように左右にゆらゆらと動かしているのが特徴。

ふたりの兄弟がおり、ひとりはジェイムズ・モリアーティ大佐で、なぜかファーストネームが同じ。もうひとりがモリアーティ駅長だが、ファーストネームは不明。ジェイムズ・モリアーティ教授が長男なのか次男なのか三男なのかは、明記されていない（英語の「ブラザー」という単語は、兄なのか弟なのかを示さないため）。また大佐と同じ名前のため、「ジェイムズ・モリアーティ」という複合姓だ、とする説もある。

『小惑星の力学』という著作があるが、どのような内容か詳細は不明。教授としての年収は700ポンド。それなのに、4万ポンド以上するジャン＝バティスト・グルーズの「子羊を抱く少女」という名画を所有している。

部下は多いが、副官は射撃の名手セバスチャン・モラン大佐。またフレッド・ポーロックというチンピラもいるが、この男は暗号でホームズに情報を漏らしていた。

しかし数学の教授がなぜ犯罪組織のトップに……と思ってしまうが、おそらくは彼にとって綿密な犯罪計画を立てることが、数学の問題を解くのと同じなのだろう。優れた頭脳の持ち主だが倫理的なところで一般的な罪悪感が欠如していたため、犯罪王モリアーティが生まれてしまったのだ、と考えられる。

ロンドンの犯罪界を仕切っていれば、犯罪を明るみに出して犯人を捕まえてしまうホームズの存在が邪魔になるのは当然。かくして「最後の事件」にて衝突することになり、挙句の果てにはスイスのライヘンバッハの滝で直接対決することになるのだった。

その後発表された『恐怖の谷』にも登場するが、これは時系列的には「最後の事件」よりも前に設定されている。そのため、「最後の事件」でワトスンがモリアーティ教授の噂を聞いたことがあるかとホームズに問われて「ない」と答えていることと矛盾してしまった（これについてはシャーロッキアンの研究の課題となっている）。『恐怖の谷』のバールストン館事件では、表立って姿こそ見せないが、裏ではモリアーティ教授が糸を引いていたのである。

このジェイムズ・モリアーティ教授は、ホームズにとって難敵である巨悪だが、伏線もなく「最後の事件」でいきなり登場する。これは作者コナン・ドイルが、シャーロック・ホームズを書き続けるのを止めるために、ホームズに匹敵し得る悪を必要としたがゆえである。このモリアーティとの対決の末、ホームズのシリーズは（一旦）終了するのだ。

マイクロフト・ホームズ同様、モリアーティ教授もキャラクター的には非常に存在感があるため、彼を主人公としたパスティーシュも多数書かれている。

かつてはモリアーティ教授の名を知るのはシャーロッキアン（もしくは熱心なミステリファン）ぐらいだったが、現在ではスマホ用ゲームのキャラクターとして登場したり、モリアーティを主人公にした日本のコミック『憂国のモリアーティ』まで存在したりする。これについては第7章で詳述する。

さて、これでホームズの作品世界における重要なキャラクターたちについて把握できたと思うので、次章では彼らが活動する「舞台」を眺めていくことにする。

第3章　ホームズが活躍した「舞台」（時代と地理）

大英帝国の絶頂期――ヴィクトリア時代

年代的にシャーロック・ホームズが主に活躍したのは、ヴィクトリア時代の末期である。ヴィクトリア時代というのは、英国をヴィクトリア女王（１８１９～１９０１）が統治していた時期（１８３７～１９０１）のこと。この女王は長く王位についていたが、その末期は概ね19世紀末ということになる。日本では明治時代の後半に相当すると言えば、イメージしやすいだろうか。

ヴィクトリア時代は、大英帝国が世界にその覇権を拡げた時代でもあった。インドは英国の統治下にあり、ヴィクトリア女王がインド女帝も兼ねていた（１８７６～１９０

1）。カナダやオーストラリアも、英国の植民地としていた。『バスカヴィル家の犬』において、サー・ヘンリー・バスカヴィルが英国へ来る前にカナダで農業を営んでいたのは、そんな背景がある。また当時のオーストラリアは英国から罪人を送り込む地ともなっていたことが、「グロリア・スコット号」事件発生の遠因となっている。

英国は18世紀後半から始まった産業革命のおかげで、工業力が発達した。ひいては鉄道網も発達。かつてロンドンから地方へ行くには「郵便馬車」か個人の馬車に乗るしかなかったが、この時代では鉄道での高速移動が可能となった。シャーロック・ホームズも地方で発生した事件の現場へ赴く際は、鉄道で移動している。ただし、まだ蒸気機関車の時代である。

ロンドンでは地下鉄も整備され始めていたが、この地下鉄ですらトンネルの中を蒸気機関車が走っていた。

自動車はまだ開発段階で、街の交通はほとんど馬車だった。現在のタクシーの役割を果たしていたのが辻馬車。バスの役割を果たしていたのが乗合馬車だった。

電力網はまだ発達しておらず、電気の恩恵は僅かだった。照明の主力は都市部ではガス灯だったが、地方などではランプやロウソクが一般的だった。

文化面では、文学、それも特に大衆文学の世界で大きな発展があった。ロバート・ルイス・スティーヴンスン『ジキル博士とハイド氏』、H・G・ウェルズ『タイム・マシン』や『宇宙戦争』、ブラム・ストーカー『吸血鬼ドラキュラ』などなどの傑作・名作が、この時代に発表されたのだ（詳細は本章別項で後述）。

ホームズ自身がヴィクトリア女王に会っているか、はっきりとは書かれていない。しかし「ブルース・パーティントン型設計書」を見事解決したホームズは、事件のあと数週間たってウィンザー城で一日を過ごしており、〝さるやんごとなきレディ〟からみごとなエメラルドのタイ・ピンを贈られたという。ワトスンは「そのレディがだれなのか、わたしでもすぐわかる」と語っているが、これがヴィクトリア女王なのは明らかである。

またホームズはベイカー街221Bの室内で射撃練習をして壁に「V.R.」という文字を弾痕で刻んだというが、これはヴィクトリア女王のことを指す「ヴィクトリア・レジャイナ（Victoria Regina）」の略号である。

社会階級の格差はまだ強く残り、上流階級と下層階級では全く異なる生活を送っていた（これについては本章別項で後述）。だが貴族であれば必ず金持ち、という時代でもなく、経済的に行き詰まった貴族がアメリカ大陸帰りの成金の娘と結婚する――ということもしばしばだった。

古い世界から新しい世界へと変わりつつある時代――そんな時代背景があったからこそ、シャーロック・ホームズの活躍はより際立ったのである。

霧にガス灯の浮かぶ帝都ロンドン

シャーロック・ホームズの大きな魅力のひとつは、ヴィクトリア時代のロンドンを舞台にしていることもあるだろう（もちろんロンドン以外の場合もあるが）。

ロンドンは英国の首都であり、当時は世界最多の人口（1900年頃の推計値で約650万人）を抱える「世界最大の都市」だった。

イングランド南東部にあり、わずかに内陸部に位置しているが、外洋船はテムズ河をロンドンまで遡上することができた。このおかげもあって、ロンドンは世界的な貿易の要衝となった。

西側のウェスト・エンドには王族の宮殿や国会議事堂、官公庁、大英博物館などがあった。東側のイースト・エンドにはイングランド銀行や株式取引所など、金融の拠点があった。

イースト・エンドの中核である「シティ（シティ・オブ・ロンドン）」は、ほかのロンドンの行政区とは異なり、独立した自治都市である。そのため、警察もスコットランド・ヤードとは別に存在する。

〝霧のロンドン〟と、よく言われる。だがヴィクトリア時代の霧は、その言葉からイメージされるほどロマンチックなものではなかった。工場から出る煙や、家庭の暖炉で石炭が燃やされた煙が街にあふれ、本来の霧と入り混じり、黄色いねっとりとしたものになっていたという。つまりどちらかというと、スモッグに近いものだったようだ。

夜の道路を照らす街灯も、ガス灯だった。しかも現代社会におけるガスレンジのスイッチのような便利なものはない。そのため、夕暮れに〝点灯夫〟という職業の人が、先に火の点《つ》いた長い棒で街灯を灯《とも》して回ったのである（時代も舞台も異なるが、サン＝テグジュペリ『星の王子さま』に登場する点灯夫がそれである）。

通信手段はというと、電話はまだほとんど普及していなかったが、シャーロック・ホームズも活動後期になると電話を利用している（「三人のガリデブ」「高名な依頼人」「隠居した画材屋」など）。電報は一般化していたので、ホームズも使っている。「這う男」の事件では、別居しているワトスンに「都合がよければすぐ来てくれ――都合が悪くても来てくれ。Ｓ・Ｈ」という電報を打って、ベイカー街に呼び出している。手紙は普通に使われており、その配達速度は案外と速かった。郵便以外にも、メッセンジャーなどを利用して手紙を運ばせる場合もあった。

ロンドンと言えば演劇やコンサートの行われる劇場で有名だが、それらはホームズ正典の中にも登場している。サウス・ケンジントンにあるロイヤル・アルバート・ホールはロンドン最高峰とも言われるコンサート・ホールだが、「隠居した画材屋」の事件において、ホームズはここで開かれたカリーナという歌手のコンサートにワトスンを誘っている。同事件では、ウェストミンスターのヘイマーケット劇場も、重要な役割を果たしている。

ライシアム劇場はやはりウェストミンスターにあり、現在でもミュージカル『ライオン・キング』などが公演されている。ホームズとワトスンは『四つの署名』事件において、メアリ・モースタンとともに、ここの入り口でサディアス・ショルトーの使いと待ち合わせをした。

現代ならばロンドン土産を買う場所としては、百貨店「ハロッズ」が代表格だろう。百貨店という商業形態はホームズの時代から存在し、ハロッズはもちろん、リバティなどの有名店が既に開店していた。正典ではなくドラマだが、グラナダ版『シャーロック・ホームズの冒険』には、ガメージズ百貨店の名が登場する。

ホームズとワトスンが初めて出会ったセント・バーソロミュー病院も実在の病院であり、ロンドンを訪れる熱心なシャーロッキアン（及びＢＢＣドラマ『SHERLOCK／シャーロック』ファン）の巡礼の地のひとつとなっている。

現代でもロンドンを代表する建物となっているのが、大英博物館。18世紀半ばに収集家ハンス・スローンの遺した収集品を中心に開設された博物館で、ホームズはワトスンと同居する以前「大英博物館からすぐの角を曲がったところ」に下宿していた。図書閲覧室（現在では大英図書館として独立）で、ホームズはさまざまな勉強をしていたと考えられている。

ビッグ・ベンも有名な建築物だ。国会議事堂の時計塔の通称となっているが、正確にはその「鐘」を指す。ロンドン市民は、この鐘の音を時計代わりに時刻を知るすべとしていた。「レディ・フランシス・カーファクスの失踪」において、二輪馬車に乗っていたワトスンはビッグ・ベンの鐘の音で時間を確認している。

現代でもベイカー街を訪れた際に観光客が寄る場所のひとつとして、マダム・タッソーの蠟人形館がある。これは有名人そっくりの蠟人形が展示された施設で、当時からホームズの下宿の近くにあった。ワトスンは「マザリンの宝石」においてホームズの蠟人形を見た際に、マダム・タッソーに言及した。

ハイド・パークは、ウェストミンスター地区からケンジントン地区にかけて拡がる、大型の公園。誰でもスピーチができる「スピーカーズ・コーナー」が有名。「黄色い顔」事件の依頼人が訪れた際、ホームズとワトスンはここを散歩していた。それ以外にも、ワトスンはここを何度か通り抜けている。また公園内には「サーペンタイン池」という池があり、「独身の貴族」では重要な役割を果たす。

この公園内には、1851年に万国博覧会の会場としてクリスタル・パレス（水晶宮）と呼ばれる鉄骨ガラス張りの建物が建てられた。しかし1854年に郊外のシドナムに移築されたので、ホームズの時代には既にシドナムにあった（後に焼失）。

ベイカー街を北上したすぐ先には、リージェント・パークという公園がある。この名前は正典には出てこないけれども、ホームズたちの下宿からすぐ近くだったことから、ホームズとワトスンが散歩に出かけていたのは間違いないだろう。ここの中（北側）には、世界初の科学動物園「ロンドン動物園」がある。これはヴィクトリア時代に開設され、現在も存続している。

ロンドンにとって重要な意味を持つ「テムズ河」については次項で述べる。

『四つの署名』のランチ艇デッドヒート——テムズ河

テムズ河はロンドンを西から東へと横切って流れる大きな河川であり、ロンドンの象徴であるとも言える。イングランド中央部の丘陵地帯コッツウォルズを源流とし、蛇行しつつ東へ流れ、オックスフォードやウィンザーを経由し、ロンドンを過ぎて北海へと到達する。全長は346キロメートル。

シャーロック・ホームズ正典の中でも、テムズ河は重要な役割を果たしている。その中の最たるものこそ『四つの署名』である。この作品の中でホームズとワトスンは、警察のランチ艇に乗ってテムズ河上を大追跡するのである。

また「オレンジの種五つ」事件ではテムズ河で死体が発見されているし、「唇のねじれた男」事件では現場となるアヘン窟〝金の棒〟はテムズ河の北岸にあった。

テムズ河は高低差が少ないため、ロンドンは河口から70キロメートルほども距離があったにもかかわらず、潮の干満の影響を受けた。「唇のねじれた男」で、現場裏の河岸の空地が「干潮時には地面が見えるが、満潮のときは少なくとも四フィート半の高さまで水につかってしまう」ことが事件に関係している。

このテムズ河にかかる橋として最も名前を知られているのが、童謡にもなっているロンドン・ブリッジ。ロンドンでテムズ河にかかる最古の橋で、古くから河の南北の交通の要衝となっていた。ただし、ここでひとつの問題が浮上する。ロンドンの風景として見た目の派手なタワー・ブリッジがよく紹介されるため、タワー・ブリッジが「ロンドンの橋＝ロンドン・ブリッジ」であると誤解されることが多いのだ。ロンドン・ブリッジは、特に見た目に派手なところのない、普通の橋である。

タワー・ブリッジはロンドン・ブリッジよりもずっと新しく、１８９４年に完成した。先述したとおりテムズ河は高低差が少ないため、海外からの船もロンドンの埠頭まで遡上した。しかしロンドン塔近くに新たに架けられたタワー・ブリッジは大型船の通過を妨げてしまうため、跳ね上げ橋として造られたのである。ガイ・リッチー監督映画『シャーロック・ホームズ』には、製造中のタワー・ブリッジの姿が描かれている。

ホームズの時代のテムズ河の様子を知るには、ジェローム・Ｋ・ジェローム『ボートの三人男』がオススメである。これは三人の男が一匹の犬とともにボートに乗ってキングストン＝アポン＝テムズからオックスフォードまでテムズ河を旅する物語で、１８８９年に発表された。主人公たちの珍道中の過程でテムズ河そのものや周囲の様子が活写

ヴィクトリア時代のロンドン・ブリッジ

タワー・ブリッジ

されており、当時は大人気を博しベストセラーとなった。

アニメ『名探偵ホームズ』のエンディング曲は「テームズ河のＤａｎｃｅ」というタイトルだった。テムズ河は、シャーロック・ホームズのイメージと切っても切れないものとなっているのである。

貴族と貧民――ボヘミア王とベイカー街イレギュラーズ

シャーロック・ホームズ正典には、さまざまな身分の人々が登場する。それこそ王族から、家のない浮浪少年まで。

ヴィクトリア時代の英国は、まだまだ現代以上に人々の間に身分の差があった。王侯貴族が社交界で優雅な暮らしをしていた一方で、家もない人たちが物乞いをしたりかっぱらいをしたりして、ぎりぎり生きていたのだ。

ホームズが探偵として優秀であることは広く知れ渡っていたから、彼のもとへは身分の高下に関係なく人々が訪れた。そしてホームズは依頼人の身分が高いからといって、優先して事件を手がけたりはしなかった。あくまで事件が面白いか否かが、彼にとっては重要だった。貴族や大金持ちがどれだけ報酬を持ちかけようとも、つまらない事件は引き受けなかったのだ。

ホームズに事件を持ち込んだ依頼人の中でも身分が最も高いうちのひとりが、「ボヘミアの醜聞」のボヘミア国王である。彼が持ち込んだ依頼は幸いにもホームズの興味を惹き、拒否されることなく引き受けてもらうことができた。

しかしこの時代、必ずしも貴族が裕福な生活を送っているとは限らない。「独身の貴族」事件の依頼人、ロバート・セント・サイモン卿（バルモラル公爵の次男）は、わずかな所有地以外に財産はなかった。また父バルモラル公爵も、所蔵する美術品を売却する羽目になっていた。そのためセント・サイモン卿がアメリカの富豪令嬢と結婚しようとしていたことから、事件は発生した。このように財産を必要とする没落貴族と、金はあるので高い身分を欲しがっている女性との結婚は、当時珍しいものではなかったという。

英国政府の首相や大臣も、ホームズのもとを訪れた。「第二のしみ」事件の依頼人は、英国首相ベリンジャー卿とヨーロッパ問題担当大臣トリローニー・ホープ氏だった（実際にはそのような人物はいなかったため、シャーロッキアンの間ではモデル探しが行われている）。

この事件では国際的な問題を引き起こしかねない重要な外交書簡が盗まれたのだが、依頼人が最初はそれがどのようなものであるかを隠そうとしたため、ホームズは彼らが首相と大臣であるにもかかわらず、仕事を拒否して追い返そうとした。

「高名な依頼人」事件では、サー・ジェイムズ・デマリー大佐が依頼のためベイカー街221Bを訪れたが、実は彼は代理人だった。真の依頼人が誰であるかを大佐が明かそうとしなかったため、ホームズも一旦は断ろうとした。結局は引き受けたのだが、最終的に真の依頼人が英国王室の人間である（らしい）ことが明らかになるのだ。

ホームズ正典には、女家庭教師《ガヴァネス》が何人も登場する。ヴィクトリア時代において、まともな階級の女性は働かないのが当たり前で、体面を保つことのできた職業というと、女家庭教師ぐらいだったのだ。彼女らはよい家庭に生まれながらも、一家の財産が底をついたり、父が亡くなったりして、働くことを余儀なくされたのである。彼女たちは雇い主である一家と、その屋敷で働く使用人との狭間におかれ、非常に難しい立場にあったという。

また、浮浪少年――今で言うところのストリートチルドレン――もホームズ正典には登場する。ホームズが情報収集のために使った、ベイカー街イレギュラーズである。ホームズは彼らに仕事を与え、彼らにとってはかなり高額な報酬を渡していたのだ。
また「唇のねじれた男」では、やや特殊ケースながらも物乞いを生業《なりわい》とするヒュー・ブーンという男が登場する。

同時代の有名人――オスカー・ワイルド、切り裂きジャック

シャーロック・ホームズが活躍した、ヴィクトリア時代の末期。一般的な歴史の上でも、文化面でも、さまざまな有名人が同じ空気を吸っていた。どのような同時代人がいたかを知っておくことは、ホームズがどんな時代に生きていたのかを理解する一助になるので、何人か紹介しておくことにする。

まずはホームズの生みの親であるコナン・ドイルと同じ作家の、オスカー・ワイルド（1854〜1900）から。代表作は『ドリアン・グレイの肖像』『幸福な王子』『サロメ』ほか。

その作品だけでなく、人目を引くファッションや派手な行動（毛皮のついた外套をまとい、ひまわりや百合の花を胸に挿す）などによっても、世間の注目を集めていた。女性のみならず男性とも関係を結び、当時は同性愛が違法だったため投獄されたこともある。

代表作中の代表作とも言うべき『ドリアン・グレイの肖像』は怪奇幻想小説の古典的名作でもあるので、そういう意味でも一読をお勧めする。またこれほど名を知られていないが『アーサー卿の犯罪』は、その名の通り犯罪がテーマの小説なので、シャーロック・ホームズのような探偵小説が好きな人ならば興味を持って読むことができるだろう。

コナン・ドイルはアメリカから来た〈リピンコッツ・マガジン〉の編集者と会食をし、原稿の依頼を受けて、ホームズ物第2作『四つの署名』を執筆したのだが、その会食にはもうひとり作家がおり、やはり同じく依頼を受けた。その作家こそオスカー・ワイルドであり、号数こそ異なるが同じく〈リピンコッツ・マガジン〉に発表されたのが『ドリアン・グレイの肖像』なのである。

完全にホームズやコナン・ドイルの同時代人（しかも超有名人）であるゆえ、パスティーシュ小説で彼らと共演することがしばしばある。

活動時期はホームズよりも少し前だが、ヴィクトリア時代の重要人物のひとりとしてフローレンス・ナイチンゲール（1820～1910）がいる。看護師の元祖であり、近代的な看護教育の母とも言われる人物で、クリミア戦争（1853～56）には看護婦として従軍した。その後、英国南部のネトリー陸軍病院の開院に寄与しているが、こ

切り裂きジャック（1888年10月13日の新聞記事）
"A Suspicious Character" "With the Vigilance Committee in the East-End"

の病院こそジョン・H・ワトスンがロンドン大学で博士号を取得した後、軍医研修をした場所なのである。

シャーロック・ホームズの同時代人で、どうしても見逃せない人物がいる。それは犯罪者であり、しかも連続殺人鬼である。ただし、その正体は不明。なぜならば、未だにその連続殺人の犯人は確定していないからだ。とはいえ、呼び名はある。ジャック・ザ・リッパー——我が国での呼び名は〝切り裂きジャック〟である。

切り裂きジャックが犯行に及んだのは、1888年。現場となったのはロンドン東部のホワイトチャペル地区。被害者はいずれも娼婦だった。被害者の数は諸説あるが、確実視されているのはメアリ・アン・ニコルズに始まる5人。みな、鋭利な刃物で喉や腹部を切り裂かれていた。内臓の一部が切り取られている場合もあり、最後の(と思われる)メアリ・ジェーン・ケリーに至っては、ほぼバラバラ殺人だった。切り裂きジャックと名乗る犯行予告や臓器を新聞社に送りつけるなどしたため、「現代的な劇場型犯罪の元祖」「シリアル・キラーの元祖」とも言われている。

それだけの大事件にもかかわらず犯人が捕まらなかったので、さまざまな推測が行われ、専門家による研究は現在にまで至る。

その犯行がちょうどホームズの活動時期と合致しているため、ホームズが切り裂きジャック事件を捜査していたら、という創作が小説・映画・コミック・ゲームと、さまざまなメディアで生み出されることとなった(個々の例については第6章及び第7章で詳述)。また多数の切り裂きジャック研究書は、ホームズの時代の警察組織やロンドンの治安の実態について理解する上でも役立つだろう。

同時代の文学——ドラキュラ、ジキル

ヴィクトリア時代の有名な作家というと、文学史ではまずチャールズ・ディケンズ(1812～70)の名が挙がるだろう。代表作は『オリバー・ツイスト』『クリスマ

ス・キャロル』など。ただし、ディケンズはホームズよりも時期的に少し前である。とはいえ、一般庶民の生活が克明に描かれているので、ヴィクトリア時代という背景を知るのには非常に役立つ。

また遺作となった『エドウィン・ドルードの謎』（１８７０）は探偵小説だが、残念ながら未完である。結末が書かれておらず真相や犯人が明かされていないため、後にシャーロック・ホームズがその謎を解く、という設定のパスティーシュも書かれている。ディケンズに関してはさまざまな研究書が書かれており、その時代について解説したものは、やはりヴィクトリア時代を理解する資料として有用である。

ロバート・Ｌ・スティーヴンスン（１８５０〜９４）は、コナン・ドイルより少し早く作家となっているが、概ね同時代人である。代表作は『宝島』（１８８３）、『ジキル博士とハイド氏』（１８８６）など。後者は、ホームズ正典の「這う男」に影響を与えたとも言われている。これは真面目なジキル博士と、邪悪なハイド氏の物語。既に「ジキル・ハイド」という言葉がある種の人格の持ち主の代名詞として使われているが、ここではジキルとハイドの関係について明言は避けておく。

『新アラビア夜話』（１８８２）前半の「自殺クラブ」にはボヘミア王子フロリゼルな

ドラキュラ伯爵（映画『吸血鬼ドラキュラ』〔1958〕）

る人物が登場するため、シャーロッキアンの中には彼の後の姿が「ボヘミアの醜聞」におけるボヘミア王である、という説を唱える者もいる。

ほかに、ロイド・オズボーンとの共著による海洋冒険小説『難破船』『引き潮』などもある。

ブラム・ストーカー（1847〜1912）も同時代の作家である。代表作は言わずと知れた『吸血鬼ドラキュラ』（1897）。オスカー・ワイルドと同じくアイルランドのダブリン出身で、実際にワイルドと知り合いだった。演劇人でもあり、ヘンリー・アーヴィングの劇団の秘書を務めたこともある。アーヴィングはコナン・ドイルの作品を上演したこともあって、ストーカーとコナン・ドイルは知人だった。

『吸血鬼ドラキュラ』は、ヴァンパイア小説の代表とも言うべき作品で、何度も映画化されている。英国に屋敷を買おうとしている謎の人物と会うため、トランシルヴァニアに向かったジョナサン・ハーカーは、怪奇な運命に巻き込まれる。やがて英国にいるハーカーの婚約者ミナの近辺でも怪しい出来事が発生する。それらに対処できるのはヴァン・ヘルシング教授しかいなかった――という物語。

これがあまりにも有名すぎて、残念ながらブラム・ストーカーのほかの作品はあまり知られていない。我が国ではほかに短篇集『ドラキュラの客』と長篇『七つ星の宝石』が訳されている。

ジェイムズ・M・バリー（1860〜1937）はスコットランド出身の作家。同時代人であるだけでなく、コナン・ドイルと親しかった。代表作は、我が国ではミュージカルでも有名な戯曲『ピーター・パン』。親とはぐれたことが原因で年を取らなくなり、異世界「ネヴァー・ネヴァー・ランド」に住む主人公ピーターの物語。少女ウェンディとともに海賊フック船長などを相手に冒険を繰り広げる。後に小説『ケンジントン公園のピーター・パン』『ピーター・パンとウェンディ』も書かれている。

ルイス・キャロル（1832〜98）は、少女アリスが奇妙奇天烈《きてれつ》な国へ行く『不思議の国のアリス』（1865）とその続篇『鏡の国のアリス』（1871）で有名だろう。本職は数学者で、本名チャールズ・ドジスン。数学や論理学に関する著作があるほか、写真家としても作品を残している。

ジェローム・K・ジェローム（1859〜1927）は、ここまで紹介した作家ほど我が国では知られていない。だが本章「『四つの署名』のランチ艇デッドヒート——テムズ河」の項でも紹介した代表作『ボートの三人男』は、ぜひとも読んでおきたい。ジェロームはコナン・ドイルと親しく、1892年にはコナン・ドイル一家と一緒にノルウェー旅行をしている。

日本人についても。ヴィクトリア時代末期というと、日本では明治時代の後半。英国へ留学し、ヴィクトリア時代の終わりを目撃した日本人がいた。夏目金之助、後の夏目漱石（1867〜1916）である。代表作は『吾輩は猫である』（1905〜06）、『坊っちゃん』（1906）など。

彼がロンドン滞在を始めてすぐにヴィクトリア女王が没したので、彼はヴィクトリア女王の葬儀（文字通りヴィクトリア時代の終わり）を目撃したのである。

留学中にはシェイクスピア学者ウィリアム・クレイグの個人教授を受けていたのだが、そのクレイグ先生宅がベイカー街のすぐ近くにあったため、「漱石がホームズに会っていた」というパスティーシュが複数書かれている。その嚆矢《こうし》は短篇では山田風太郎、長篇では島田荘司である。

ヴィクトリア時代に表立って出版されたものではなく、地下流通した「ポルノ小説」についても触れておこう。

ヴィクトリアン・ポルノで最も有名なのは『我が秘密の生涯』（1884〜94）。少年時代から晩年まで、主人公の性遍歴を綴った作品。本作を含め、ヴィクトリアン・ポルノの大半が作者不詳である。

夏目漱石『吾輩は猫である』は語り手が猫だが、蚤《のみ》が語り手を務める『蚤の自叙伝』（1885〜88頃）というポルノもあった。

その他、当時のポルノ雑誌では〈パール〉〈オイスター〉など、タイトル自体でエロティックな事象を暗喩していた。

ヴィクトリア時代の文化は表向き謹厳実直であったため、文学的な作品はもちろん、大衆小説に分類される作品であっても、性的なことやトイレのことなどはほとんど描写されなかった。だがヴィクトリアン・ポルノならば、当時の語られざる側面を我々に教えてくれる。ベッドの下にあるポット（おまる）の使い方や、下着の脱がし方などについては、ポルノにこそ描かれているのだ。

「貴族と貧民」といった身分だけでなく、こういった小説もまたヴィクトリア時代の二面性を示しているのである。

海の向こうから来るもの――アメリカ、アジア

ヴィクトリア時代の大英帝国は、植民地まで含めると世界各地に領土が拡がっていた。アメリカも独立してしまったが、〝元植民地〟である。

そんな英国には、世界各地からさまざまな事物や人間が流れ込んできた。場合によっては、それが脅威をもたらす場合も。そういった様子が、シャーロック・ホームズの物語にも表われている。

第1作の『緋色の研究』からして、殺されるのはアメリカ人であり、その原因はアメリカ大陸にあった。そのため、第2部「聖徒たちの国」はアメリカのソルトレークシティが舞台となって展開される。

アメリカからの脅威で一番印象に残るのは「オレンジの種五つ」に登場する秘密結社〝KKK〟であろう。これは正式名称を「クー・クラックス・クラン」と言い、白人至上主義者たちの団体である。主に黒人を迫害するが、有色人種全般がその対象である。

南北戦争後に南軍の退役軍人を中心に、南部連合の奴隷商人などによって組織された。白い装束を身にまとい、黒人（及び黒人を擁護する白人）に対して脅迫したり暴力を振るったりしたのである。

しかしKKKは1870年代頃に、一旦自然消滅している。だから、「オレンジの種五つ」の時点では（設定されている事件発生時の1887年にせよ発表された1891年にせよ）KKKは過去のものとなっているのだ。それゆえ「オレンジの種五つ」は「あの恐ろしい秘密結社の残党が実はまだ活動していた！」という恐怖の物語でもあるのだ。だが1915年にKKKは復活し、第2期の活動を開始した。やがてこれもまた崩壊し、現在活動しているのは第3期KKKである。

KKKのようなものとしては、「踊る人形」における〝シカゴのギャング〟や、「赤い輪団」における（アメリカ経由の）イタリアン・マフィアなどがいる。

『恐怖の谷』では、犯罪者集団スコウラーズが事件を引き起こす。これはアメリカのアイルランド系秘密結社であり、そのモデルとなったのは炭鉱地帯における鉱夫の組織モリー・マグワイアズである。だがこれは鉱夫たちのストなどを抑圧するために、実業家らが彼らを犯罪者扱いしたものであり、実際には悪の秘密結社的なものではなかったらしい。

アメリカから来るのは脅威だけではない。協力者も到来した。それが〝ピンカートン探偵社〟である。これは大統領候補時代のエイブラハム・リンカーンを暗殺しようとした計画を未然に防いだアラン・ピンカートンが設立した探偵社。この探偵社は〝目〟をトレードマークにしており、「我々は眠らない」という標語が添えられていた。探偵のことを「アイ」と呼ぶのは、これが起源となっている。

「赤い輪団」の事件では、同探偵社がロンドン警視庁と連携して犯人を追跡している。さらに『恐怖の谷』でも、重要な役割を果たしている。

また〝アメリカから来た金持ち〟として、「独身の貴族」では財産家の娘ミス・ハティ・ドーランが、「ソア橋の難問」では金鉱王ニール・ギブスンが登場する。

『バスカヴィル家の犬』では、バスカヴィル家の跡継ぎとしてサー・ヘンリー・バスカヴィルがアメリカ大陸からやって来る。しかしアメリカ合衆国ではなく、カナダで農業をやっていた、と語られる。いずれも、どこか野卑《やひ》なところがあるように描かれている。

アジアからもさまざまなものが到来した。そもそも、ワトスン博士がアフガニスタンから帰ってくることによって『緋色の研究』は始まった。

第2作の『四つの署名』では、依頼人メアリ・モースタンの行方不明になった父モースタン大尉はインドで軍人をしていた。ショルトー少佐も同様である。事件が起こったのも、インドから運ばれてきた財宝が原因だった。さらには、奇怪極まりない人物がインドから英国へ上陸するのだ。

「まだらの紐」では、グリムズビー・ロイロット博士も依頼人ミス・ヘレン・ストーナーもインド帰りだった。そして事件の真相にかかわる危険な「もの」もまた、インドから来たものだった。

「瀕死の探偵」には、スマトラの〝クーリー（苦力）病〟という恐ろしい病が登場し、ホームズがこの病気のためにベッドに寝たきりとなるのだった。

「背中の曲がった男」の事件は、〝インドの大反乱〟における英国陸軍の連隊の戦闘に端を発し、インドから来た男と動物が重要な役割を果たす。

ホームズ物ではないが、コナン・ドイルの作品の中にはインドでの出来事が発端となり、恐ろしい呪いが登場人物に降りかかるという物語『クルンバーの謎』がある。

その他、「悪魔の足」ではアフリカが、「這う男」ではプラハが、特殊な薬物の出どころになっていた。

時代が変わり、第一次世界大戦が開戦する直前の「最後の挨拶」では、ドイツから来たスパイが、英国に脅威をもたらそうとした。

かくのごとく、異質なものがやって来るのは外国からのことが多く、シャーロック・ホームズの背景をきちんと理解するためには、その当時の世界の状況を知っておくことも重要なのである。

これで、シャーロック・ホームズの作品世界を構成する主要なエレメントは理解していただけただろうか。それではいよいよ、シャーロック・ホームズの正典を紹介していこう。

第4章　「正典」紹介

『緋色の研究』

背景や主要な登場人物などを一通り説明したので、いよいよ正典そのものを解説していくことにしよう。ここでは、単行本の刊行順（つまり概ね発表順）に取り上げていくことにする。ストーリーそのものだけでなく、周辺情報についても紹介しておこう。ただし、これから読む読者のために、結末や犯人は明かさないでおく。

というわけで、まずは第1作『緋色の研究』から。本作は1887年〈ビートンズ・クリスマス・アニュアル〉誌に発表された。コナン・ドイルが初めて発表した長篇である。しかし執筆は『ガードルストーン商会』のほうが先である（出版社には送っていたがなかなか出版されず、１８８９〜９０年に発表された）。またそれらよりも前に『ジョン・スミスの物語』という長篇を書いているが、これは出版社に郵送した際に紛失されてしまった。

『緋色の研究』にしても、すんなりと発表されたわけではない。最初は『もつれた糸かせ』というタイトルだった。１８８６年3月8日から、４月下旬までに書き上げられて『緋色の研究』となった。幾つかの出版社に送ったけれども断られ、最終的には著作権買取で翌年の発表、という条件でようやく出版されることになったのである。

何はともあれ、シャーロック・ホームズの初登場作である。語り手ワトスン博士がいかにして軍医としてアフガン戦争に従軍し、帰国してホームズと出会ったか、から語られる。

ホームズは、最初からエキセントリックな人物として描写される。彼をワトスンに紹介したスタンフォード（ワトスンのかつての手術助手）は、死体を棒で叩いている

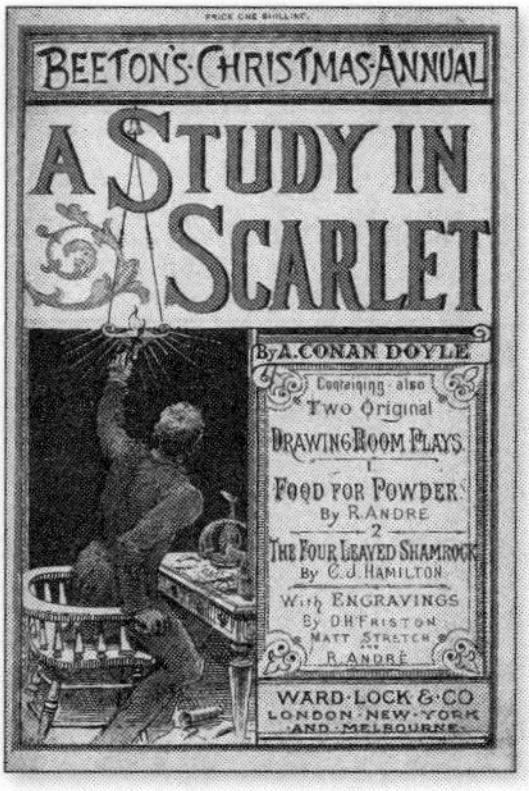

『緋色の研究』〈ビートンズ・クリスマス・アニュアル〉1887年号復刻版

ところを目撃したとか、毒物の効き目を試すためならば友人に一服盛りかねない男だなどと語っている。

この人物像は、後になっても変わらない。あるキャラクターの登場する作品が書き続けられることによって、段々描写が変わってくることもあるけれども、ホームズは初登場作からキャラ設定が完成していたのである。

ホームズがワトスンと初めて対面したときの「あなた、アフガニスタンに行っていましたね？」という台詞も最高である。一目で相手のことを見抜いてしまう観察力と推理力、人を驚かせて喜ぶ性格などが、この一言に詰まっている。

かくしてホームズとワトスンはベイカー街221Bで共同生活を始めるわけだが、この住所もまた重要だ。ホームズとワトスンが住んでいた場所として〝世界一有名な住所〟とも言われるほどに、世の中に知れ渡ることになるのだ。

一緒に住み始めても、ワトスンは最初、ホームズが何をしているのか知らなかった（それを知らぬまま共同生活を始めてしまうワトスンも大したものだが）。やがてホームズ自身の口から「諮問探偵だ」と明かされ、それと同時に事件が舞い込んでくるのだった。これこそ、ホームズとワトスンがコンビとして活動した最初の事件なのである。

このローリストン・ガーデンズの怪事件へとホームズを招聘《しょうへい》したのはスコットランド・ヤードのトバイアス・グレグスン警部だが、レストレード警部もまたこの事件の担当者のひとりだった。

ローリストン・ガーデンズ3番地の空き家で、ひとりの男性が死亡していた。アメリカから来た、イーノック・J・ドレッバーなる人物である。壁には「RACHE」という血文字が残されていた。部屋を調べたホームズは、これが他殺であることを看破する。そしてワトスンは、ホームズの事件捜査の過程を初めて目撃することになるのである。ホームズが犯人に対して仕掛ける罠。ベイカー街イレギュラーズを動員しての調査。やがて発生する、第二の犯行。かくしてホームズは事件の真相へと迫っていくのだった。

第2部「聖徒たちの国」は、一転してアメリカのモルモン教徒たちの物語となる。ソルトレークでの出来事こそ、ローリストン・ガーデンズの怪事件の原因だったのである。

最後にまた舞台はベイカー街へと戻り、事件がすべて解き明かされるのであった。ワトスンが初めて、ホームズの事件解決を目撃した瞬間である。

本作の原題は『A Study in Scarlet』だが、この「Study」の語には複数の意味合いがあるため、これをどう訳すかという問題が翻訳では発生する。ほとんどの邦題では「研究」とされているが、河出書房版（小林司・東山あかね訳）では「習作」としている。これはどちらが間違い・誤訳というわけではなく、複数の意味合いを持たせてあると考えるべきであろう。そこからどの訳語を選ぶかは、訳者に委ねられているのである。

発表時には話題作とまではならなかったが、評判は悪くなかったらしく、翌年には単行本化されている。このときにはコナン・ドイルの父チャールズ・ドイルがイラストを描いている。

その後、シャーロック・ホームズが大人気を博すようになってからは本作も大いに売れるようになるのだが、最初の契約が著作権買取だったためにコナン・ドイルの懐を潤すことにはならなかった。結局、コナン・ドイルはこの著作権を取り戻すために、大枚をはたく羽目になったのである。

一方、１８８７年の〈ビートンズ・クリスマス・アニュアル〉誌は〝最初のシャーロック・ホームズが掲載された〟ということで珍重され、現在ではオークションにかけられれば日本円にして数百万円から１０００万円ほどの値が付くほどになっている。

『四つの署名』

コナン・ドイルはアメリカの文芸雑誌〈リピンコッツ・マガジン〉の編集者が渡英した際、会食をして原稿を依頼された。それを引き受け、同誌1890年2月号に発表したのが、ホームズ物第2作の長篇『四つの署名』である。

これ以前、コナン・ドイルは長篇・短篇含めいずれも単発作品しか書いていなかったが、本作を執筆したことによりシャーロック・ホームズが彼にとって初のシリーズ作品と化したのである。雑誌掲載と同じ年に、単行本も刊行された。

物語は、暇を持て余したシャーロック・ホームズがコカインの7パーセント溶液を注射しているシーンから始まる。

ここでワトスンが「今日は、モルヒネかい、コカインかい?」と質問しているため、ホームズはコカインだけでなくモルヒネも使用していたという説もある。だが、ホームズが実際にモルヒネを使用しているシーンは一度も描かれていない。だから、これはワトスンがコカインだとわかっていて皮肉めいた問いかけをしたと考えるのが正解だろう。

ホームズがそれ以上コカインを打たないよう、ワトスンは自らの懐中時計を取り出し、推理問題を提供する。これによって、ワトスンの兄弟関係が明かされるのだった(「第2章 華麗なる登場人物たち」中の「ホームズの真の友——ワトスン博士」を参照)。

『四つの署名』スペイン版

そこへ現れたのが、依頼人のミス・メアリ・モースタンである。身寄りのない彼女のところに、6年前から真珠が送られてくるようになった。そしてその贈り主が会いたいと連絡をしてきたというので、付き添いをホームズに頼んだのである。

贈り主であるサディアス・ショルトーに会ってみると、彼の父親ショルトー少佐はメアリの父モースタン大尉とインドで軍人仲間だったという。メアリが財産に関して不当な扱いを受けているため、それを埋め合わせようとしたのだが、サディアスの双子の兄バーソロミュー・ショルトー宅へ行ってみれば、殺人事件が発生していたことが発覚するのである。かくしてホームズは、殺人犯を捜し出すと同時に、事件の真相を暴きだすことになるのだった。

ワトスンのメアリに対する恋心、鍵の掛かった部屋での異常な殺人、犬のトービーを使っての追跡、そしてクライマックスのテムズ河上におけるカーチェイスならぬ汽艇《ランチ》チェイス。ワトスンがミス・モースタンにとんでもない（間違った）話をしてしまったり、トービーが一旦はおかしな失敗をしてしまったりと、ユーモアもちりばめられている。いずれも、読者の興味を惹く要素ばかりなのである。

『緋色の研究』事件におけるワトスンは、ホームズと同居し始めたところであり、その同居人が探偵であると知ったばかりなので、どちらかというと傍観者、観察者の立場だった。情報収集のための新聞広告には名前を貸しているが、これはホームズが勝手にやったことだった。だが『四つの署名』においては、探偵犬トービーを借り出しに行ったり、事件現場からミス・モースタンを馬車で送ったりと、ホームズと別行動も取っている。これはホームズとの仲が深まり、相棒としての関係性が確立されていることの証明であろう。

そして『緋色の研究』では事件の原因はアメリカにあったが、『四つの署名』ではインドである。その辺りの事情については「第3章　ホームズが活躍した「舞台」（時代と地理）」中の「海の向こうから来るもの――アメリカ、アジア」で述べた通り。

ホームズとワトスンの関係の緊密化、コカインという悪癖の強調、ベイカー街イレギュラーズの再登場、『緋色の研究』では名無しだった下宿の女主人がハドスン夫人と判明するなど、シリーズ化にあたって細部がより強固になっている。

本作も、『The Sign of Four』という原題をどう訳すか、という問題が発生している。作中、四人の人物がサインをするけれども、このサインは日本語で「署名」としていいかというと、実は微妙なところなのである（詳しくは作品をお読みいただきたい）。そのため、河出書房版では『四つのサイン』という訳題がつけられている。

また初出時の原題は『The Sign of the Four』と、「the」が多かった。これだと、そのまま訳せば『四人のしるし』というところである。創元推理文庫版では『四人の署名』という訳題が採用されている。

『シャーロック・ホームズの冒険』

『緋色の研究』から2年ちょっとで、『四つの署名』が発表された。それから1年ちょっとで、次のシャーロック・ホームズ物が発表される。ここで、シリーズは大きなターニング・ポイントを迎えた。

1891年1月にジョージ・ニューンズ社から〈ストランド〉誌が創刊された。同誌の7月号から、ホームズ・シリーズの連載が始まったのである。それまでの2作品は（やや短いながらも）長篇だったが、ここからは毎号読み切りの、連作短篇の形式となったのである。そしてこの形式が功を奏して、爆発的な大人気を博すことになるのだ。〈ストランド〉誌に限らず、雑誌で一号買い逃すと連載中の長篇は途中が抜けてしまって話がわからなくなる。だが連作短篇ならば、キャラクターは馴染みがあるし、毎号読んでいなくても大きな問題はない。同誌の中でもホームズが特に人気となったのは、そこにも理由があった。

また、英国においてかつて小説というのは上流階級のためのものだった。だがヴィクトリア時代の後期になると英国における識字率が上がり、中産階級も娯楽として本を読むようになったのだ。鉄道での通勤時にも読み物は重要だった。〈ストランド〉誌は、正にそのような層にとっての娯楽だったのである。

〈ストランド〉誌はイラストを多用しており、シャーロック・ホームズも例外ではなかった。シドニー・パジットの描いたホームズは、世間におけるホームズのイメージに多大な影響を与えた。

『シャーロック・ホームズの冒険』は、その連載の最初の12篇をまとめた第1短篇集である。

その第1篇は「ボヘミアの醜聞《スキャンダル》」。結婚をしてベイカー街を離れていたワトスンが2

21Bへ寄ってみると、ホームズはこれから依頼人を迎えるところだった。現れた依頼人はボヘミア王の代理人フォン・クラム伯爵と名乗ったが、ホームズは彼がボヘミア王本人であることを看破した。ボヘミア王はかつて元オペラ歌手アイリーン・アドラーと恋仲にあったが、現在スカンジナヴィアの王女との結婚を控えており、アイリーンと一緒に撮影した写真を彼女のもとから取り戻して欲しいというのだった。ホームズは変装や策略を駆使して、アイリーン・アドラーに接近する……。アイリーン・アドラーの存在をはじめ、その結末など、正典の中でも特に印象の強い1篇である。ホームズとワトスンの観察力に関する会話の中で、ベイカー街の下宿へ上がる階段が「17段」であることも、本作で明かされる。

第2篇は「赤毛組合」。ホームズは燃えるような赤毛の持ち主、質屋のジェイベズ・ウィルスンから依頼を受ける。ウィルスンは店員のスポールディングに勧められ、赤毛の人間だけが入れる「赤毛組合」の入会試験を受け、見事合格した。赤毛組合の事務所に通っては簡単な作業をして報酬をもらっていたが、ある日行ってみると「赤毛組合は解散した」という貼り紙がしてあったのだ。関係者にも全く連絡が取れず、不審に思ってホームズに相談したのだ。

ホームズはさっそく調査を開始する。そしておかしな事件が、大犯罪につながっていたことが明らかにされるのだった……。

本作で用いられるトリックは有名で、ミステリの世界では「赤毛トリック」という名前で呼ばれてすらいる。

ホームズが推理するにあたっての「パイプ三服分の問題」という有名な台詞は本作に登場。

邦題は「赤髪組合」「赤毛連盟」「赤髪連盟」など、異なる表記のものが幾つもある。

第3篇は「花婿の正体」。今回はタイピストをしているミス・メアリ・サザーランドからの依頼。彼女はそれなりの財産を持っていたが、母親及びその再婚相手と一緒に住み、つましい生活を送っていた。あるとき、ホズマー・エンジェルというちょっと変わった男性と知り合い、婚約に至った。そして遂に結婚式という当日、教会に着いてみると花婿が乗っているはずの馬車は空っぽになっていたのである

『シャーロック・ホームズの冒険』初版復刻版

……。

この事件でホームズは、依頼人の話を聞いただけで真相を見抜いてしまっている。そのため、依頼人に対して非常に前向きな助言をしている。

原題は「A Case of Identity」。直訳すれば「正体の事件」となって、日本語としてはすわりが悪い。「Identity」には別な意味もあるが、その訳語を採用するとネタを明かすことになりかねない。そのため邦題が工夫されるところだが、「花婿の正体」は穏当なところだろう。「花婿失踪事件」とする場合もあるが、「独身の貴族」が「花嫁失踪事件」とされる場合があるため、非常に紛らわしい。

〈ストランド〉誌での連載3番目の発表となったが、執筆は2番目で、「ボヘミアの醜聞」の次だった。「赤毛組合」の最初のほうでホームズが「メアリ・サザーランド嬢が持ち込んだあの単純な事件」と語っているのは、そのためである。どうやらコナン・ドイルがまとめて原稿を渡したため、編集者が順番を取り違えて掲載したらしい。

第4篇は「ボスコム谷の謎」。ヘレフォード州のボスコム谷というところで、オーストラリア帰りのチャールズ・マッカーシーが殺害される。その直前に息子のジェイムズ・マッカーシーが父親と口論していたため、容疑者として逮捕される。

だが地主ジョン・ターナーの娘アリスはジェイムズと恋仲にあり、彼の無実を固く信じていた。

ホームズはワトスンと共にヘレフォードまで遠征し、事件の捜査を開始する……。

これ以前の作品ではホームズはほぼロンドン界隈で活動していたが、地方の事件も手がけることが本作で判明した。

また本作でホームズは「ぴったりした布の帽子」をかぶっていると記述されているが、画家のシドニー・パジットがこれを〝ディアストーカー〟として描いたのがはじまりとなって、ホームズ＝ディアストーカーのイメージが定着することとなった。

第5篇は「オレンジの種五つ」。ジョン・オープンショーという若者は、伯父のイライアスと父ジョゼフを既に亡くしていた。ふたりともオレンジの種が五つ入った封筒が届いたすぐ後に、奇怪な状況で死亡していたのだ。どちらも事故であると判断されていたが、ホームズはそれが殺人であると見抜いた。ジョン・オープンショーのところへもオレンジの種が届いたために相談をしたのだが、ホームズは危険が迫っていると警告するのだった……。

アメリカの実在の団体ＫＫＫ（クー・クラックス・クラン）が登場することで有名な作

品。

第6篇は「唇のねじれた男」。ワトスンは夫婦で付き合いのあるホイットニー夫人から、アヘン窟に行ったまま帰らぬ夫を連れ戻して欲しいと頼まれる。これが事件に発展するのかと思いきや、アイザ・ホイットニーは簡単に見つかる。その代わり、ワトスンはアヘン窟で潜入捜査中のホームズと遭遇するのだ。

ネヴィル・セントクレアなる人物が、アヘン窟のある建物の3階の窓から叫んでいるのを夫人に目撃されたまま、行方不明になる。血痕やセントクレアの所持品が見つかったため、その部屋にいたヒュー・ブーンという物乞いが逮捕された。しかしセントクレアは見つからないので、夫人がホームズに依頼したのだ。

ホームズはセントクレアが死亡している可能性すら考えたが、生存の証拠が出てきたため、ホームズの頭脳が高速回転を始めるのだった……。

「アヘン窟」なるものが当時のロンドンにあったことを知らしめる、歴史的にも価値のある作品。

第7篇は「青いガーネット」。街で拾われた調理用のガチョウと帽子がホームズのところへ持ち込まれ、ホームズは帽子の持ち主を推理する。ところがガチョウの中から宝石が見つかり、それが伯爵夫人のもとから盗まれた貴重なガーネットだと判明し、事件の様相は一変する。

落とし主は見つかったが、彼は宝石が入っていたことすら知らなかった。かくしてホームズは、調査と推理によってなぜガチョウの中に宝石が入ることになったのかを手繰っていくのだった……。

これは〈ストランド〉誌の1892年1月号、つまりクリスマス・シーズンに発行された号に掲載されたもので、物語自体が一種のクリスマス・ストーリーとなっている（ガチョウはクリスマスのご馳走である）。

邦題の「青いガーネット」は原文では「Blue Carbuncle」で、これをどう訳すかも問題になっている。古い訳題だと「青い紅玉」というものもある。創元推理文庫の新訳版だと「青い柘榴石《ざくろ》」としている。

第８篇は「まだらの紐」。これはワトスンが独身でホームズと同居していた時期の事件。依頼に訪れたのはヘレン・ストーナーという若い婦人。ヘレン及び双子の姉ジュリアはインドに住んでいた幼い頃に父を亡くし、２歳のときに母がロイロット博士と再婚した。ところが母も事故で亡くなり、ストーナー姉妹はサリー州の西境にあるロイロット屋敷で義父と3人で暮らしていた。

やがて、姉ジュリアが奇怪なシチュエーションで死亡する。その後、自分の身に似たような状況が降りかかったため、ヘレンはホームズに助けを乞うたのである。

ホームズは事件を引き受け、ワトスンと共にサリー州へ向かう。果たして彼らがロイロット屋敷で目撃したものとは……。

これは、ホームズ物の中でも特に有名な作品である。そのためうっかりと結末をバラしてしまいがちだが、未読の読者のためにはあくまで犯人を伏せておくべきであろう。

これまた原題中の「Band」という単語をどう訳すかが非常に難しい問題になっている。「Band」には複数の意味合いがあるため、「紐」と訳してしまうとある種のネタバレとなってしまうのだ。しかしこの語感の良さもあって「まだらの紐」とする場合が多い。

第9篇は「技師の親指」。これは珍しく、ワトスン博士がホームズに事件を持ち込んだパターン。結婚したワトスンはパディントン駅近くに家を構えて開業していた。あるとき、駅から重傷の男が連れてこられた。そのハザリーという男は片手の親指を失っており、その事件の真相を解明するにはホームズへ相談するとよい、とワトスンが勧めたのだ。

ホームズのもとで、ハザリーは語り始める。彼の職業は水力技師で、ライサンダー・スターク大佐という人物に機械の修理を頼まれた。だが秘密を厳守することを要求され、目的地もよくわからなかった。そして機械を検分したハザリーは、気づいてはいけないことに気づいてしまったばかりに、恐ろしい目に遭ったのである……。

病院を開いていた時代のワトスンの様子が描かれているという意味でも貴重な作品。ハザリーが状況的にこのような傷を負うだろうか、という疑問もシャーロッキアンにより提示されている。

第10篇は「独身の貴族」。公爵の次男であるセント・サイモン卿は財政的に少々困窮していたが、アメリカの富豪令嬢ミス・ハティ・ドーランと結婚することになった。ところが披露宴朝食会の最中に、花嫁が消えてしまった。セント・サイモン卿の依頼により、ホームズは捜索を開始する。

セント・サイモン卿がかつて極めて親しくしていたフローラ・ミラーという女性が怪しまれる中、ハイド・パークのサーペンタイン池から花嫁のウェディング・ドレスやヴェールなどが見つかったとレストレード警部が報告する。果たしてハティ・ドーランは無事なのか、一体どこにいるのか……。

「第3章　ホームズが活躍した「舞台」（時代と地理）」の「大英帝国の絶頂期――ヴィクトリア時代」の項で書いたように、貧乏貴族とアメリカの金持ちの娘の結婚というのは、当時実際にあったことである。

そして非常にまぎらわしいが、花嫁が消えるのが本作「独身の貴族」、花婿が消えるのが「花婿の正体」である。

第11篇は「緑柱石の宝冠」。依頼人はホールダー・アンド・スティーヴンスン銀行の頭取、アレグザンダー・ホールダー。

同銀行ではとある極めて高貴な方から借金の申し込みがあり、その担保として国宝の緑柱石の宝冠を預かることになった。銀行破りを恐れたホールダーは宝冠を自宅に持ち帰り、化粧室の衣装簞笥《だんす》にしまって鍵を掛けたのである。ところが宝冠の一部が盗まれてしまい、ホールダーの家族が容疑者となってしまうのだった……。

銀行で保管しておくのが不安なので自宅に持ち帰った、というのはどうにも不自然である。自宅の警備が万全だというならともかく、実際に被害を受ける結果になったのだし。借金を申し込んだ人物の名は明かされていないが、国宝を担保に持ち出したぐらいなので、プリンス・オブ・ウェールズではないかと目されている。

第12篇は「ぶな屋敷」。依頼人は家庭教師のミス・ヴァイオレット・ハンター。彼女は女性家庭教師斡旋所でジェフロ・ルーカッスルという人物に気に入られるが、それなりの報酬の代わりに髪の毛を短くして欲しいと要求された。そこでこの仕事を引き受けるべきか否か、とホームズに相談したのだ。

結局彼女は条件を受け入れてその仕事をすることにし、ぶな屋敷というところで働き始めた。しかしその屋敷で幾つも怪しい出来事があったために、再びホームズに相談した……。

ホームズがハンター嬢について「もし自分の妹のことだったら」という発言をするため、ホームズには妹がいるのでは、という説が唱えられている。またこの事件を含め、正典には「ヴァイオレット」という名の女性が複数登場する。

コナン・ドイルは『シャーロック・ホームズの冒険』の最後でホームズを死なせてシリーズを終わりにするつもりだった。だがそれを止めることになったのが、コナン・ドイルの母親だった。コナン・ドイルは母親によく手紙を出していたのだが、その中でシリーズ終了予定を報告したところ、彼女はそれを諫《いさ》めた上に「こんな話を書いてはどうか」と「ぶな屋敷」のプロットを提供した。このおかげで、ホームズは延命することになったのである。

『シャーロック・ホームズの回想』

2番目の短篇集。コナン・ドイルは『シャーロック・ホームズの冒険』としてまとまる最初の12篇に続くホームズ作品の執筆を〈ストランド〉誌編集部から再三要請されていた。しかし別な作品を書きたかったコナン・ドイルは相手が断ると思って原稿料の大幅アップ（約2倍）を提示。ところが編集部はすんなりそれを受け入れてしまい、コナン・ドイルは続く12篇を書かざるを得なくなった。これをまとめたのが『回想』である。『冒険』の最終篇「ぶな屋敷」は1892年6月号に掲載されたが、本書収録作はその半年後の12月号から連載が再開された。

その第1篇は「名馬シルヴァー・ブレイズ」。名馬のほまれ高い競走馬シルヴァー・ブレイズ号が、キングズ・パイランドのロス大佐の厩舎《きゅうしゃ》から消えた。同時に、厩舎の調教師ストレイカーが頭部を鈍器のようなもので打ち砕かれて死亡しているのが発見された。果たして犯人は、そしてシルヴァー・ブレイズ号はどこに。出場するはずのレースが、近づいていた……。

実はこの話には、競馬ルール上で重大な問題があり、コナン・ドイル自身もそれを認めていた(ただし書き直すことはしなかった)。また馬の行動についてもその習性の上で問題があることを、日本の動物学者でシャーロッキアンでもある實吉達郎《さねよしたつお》が指摘した。實吉は「まだらの紐」でも動物の行動の問題を指摘している。

キングズ・パイランドの厩舎はデヴォンシャー州ダートムアに位置しているが、ダートムアは後に『バスカヴィル家の犬』でも舞台となる土地である。

本件でホームズは「耳覆いつきの旅行帽」をかぶっているが、これがディアストーカーであるとされている。

我が国でシルヴァー・ブレイズ号は「銀星号」と訳されることもある。

第2篇は「ボール箱」。50歳の未婚女性のスーザン・クッシングのもとへ小包が届いたのだが、その中身は粗塩の中に埋もれた人間の〝耳〟だった。ホームズは事件の調査に乗り出す。一体犯人は何者なのか、スーザン・クッシングとはどんな関係があるのか、そして動機は何なのか……。

本作は、発表順では『回想』に収録されてしかるべき作品だったにもかかわらず、コ

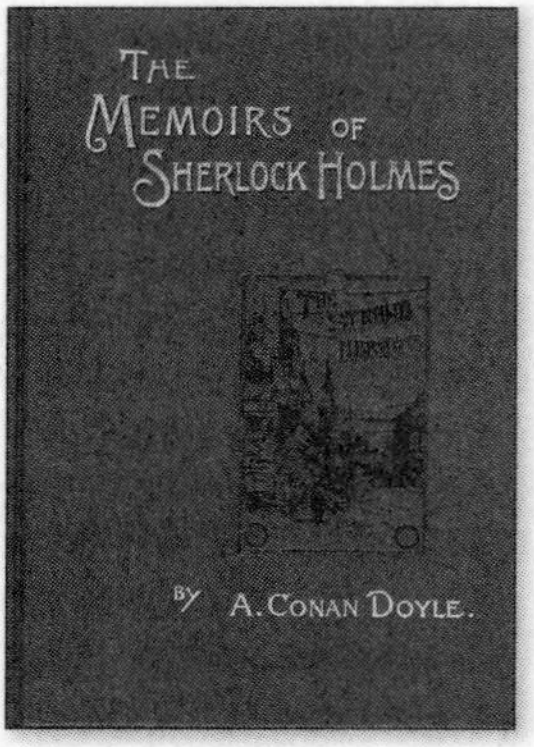

『シャーロック・ホームズの回想』初版復刻版

ナン・ドイルの意向により、長らく収録されなかった。そして後に『シャーロック・ホームズ最後の挨拶』へ収録されていたのである。しかし近年では本来の順番に則るべきということで、『挨拶』ではなく『回想』に収録されるようにもなった。

コナン・ドイルがしばらく短篇集に入れようとしなかった理由は、事件の背景に不倫が関係しているからではないかと考えられている。

第3篇は「黄色い顔」。サリー州ノーベリに住む依頼人グラント・マンロウの妻エフィーは再婚だった。最初の頃こそ夫婦仲は円満だったが、あるとき、妻が理由を言わずに大金を夫に要求した。さらには近所の家に誰かが引っ越してきてから、妻の行動に不審な点が見られるようになった。やがてグラント・マンロウは問題の家の窓に怪しい黄色い顔を目撃する。エフィー・マンロウは何を隠しているのか、近所の家には誰が住んでいるのか……。

この事件においてホームズは反省すべき点があったため、自分が同じ轍を踏みそうになったら「ノーベリ」と囁いてくれ、とワトスンに依頼した。

第４篇は「株式仲買店員」。依頼人は株式仲買会社に勤めていたホール・パイクロフト。彼は勤め先が倒産し、モーソン・アンド・ウィリアムズ商会に再就職が決まった。ところが勤め始める直前、アーサー・ピナーなる人物が来訪し、優れた会計能力があるからとフランコ・ミッドランド金物会社で働くよう強く勧められた。今で言うところのヘッドハンティングである。パイクロフトは前金と高給につられて、ピナーの申し出を受けることにした。ところがそのために、おかしな出来事に巻き込まれることになったのである……。

この事件の際、ワトスンは結婚してベイカー街を離れ、パディントンで医院を開業していた。そこへ訪ねてきたホームズが「奥さんもきっと、《四つの署名》事件のショックから、すっかり立ち直っているんだろう」と語っている。そのためこのときのワトスン夫人は名前こそ出て来ないが、メアリ（旧姓モースタン）であることは確実である。

ロンドンのシティ地区で犯罪が発生したため、スコットランド・ヤードの管轄ではないので、シティ警察の警官が登場する。

第5篇は「グロリア・スコット号」。これはホームズが初めて手がけた事件であり、プロフェッショナルな探偵になるきっかけとなった事件でもある。『緋色の研究』よりも以前、つまりワトスンと出会う前に発生しているので、ホームズがワトスンに語って聞かせる形式となっている。正に『回想』という題名の短篇集に相応《ふさわ》しい。

ホームズがカレッジの学生だった時代、彼にはほとんど友人はいなかった。だがヴィクター・トレヴァという学生の飼い犬（ブルテリア）に足首を嚙まれ、ホームズはしばらく寝たきりになってしまう。責任を感じたヴィクターは繰り返し見舞いにきたのをきっかけに、当時唯一の友人となったのである。その後ヴィクターは、ノーフォーク州にある父の屋敷にホームズを招いた。ホームズがヴィクターの父に推理力を披露したところ、トレヴァ老人はホームズに探偵を職業にするよう勧めた。そして、その屋敷で事件が発生した……。

学生時代のホームズが描かれる、唯一の作品である。さすがはホームズ、まだ学生だというのに、見事な推理を披露する。

第6篇は「マスグレイヴ家の儀式書」。これもホームズがワトスンと出会う前の事件を回想して語る形になっている。ホームズはロンドンに出てきた最初の頃（つまりワトスンとベイカー街221Bで同居を始める以前)、モンタギュー街に下宿して探偵を開業していた事実が明かされる。執筆された事件記録としては年代記的に「グロリア・スコット号」に続く2番目のものとなる。しかしモンタギュー街時代には「学生時代の友人たちの紹介」で「ときどきは事件がもちこまれ」ており、「マスグレイヴ家の儀式書」はその3番目だとホームズ自身が語っているので、「グロリア・スコット号」とのはざまに少なくともふたつは事件を手がけていることになる。

カレッジ時代のちょっとした知り合いだったレジナルド・マスグレイヴは、自分の屋敷で起きた奇妙な事件についてホームズに相談した。女性関係でいざこざを起こしていた執事のブラントンが、マスグレイヴ家に伝わる貴重な古文書「マスグレイヴ家の儀式書」を勝手に取り出して読んでいたので、マスグレイヴは彼にクビを言い渡した。辞めるまでに1週間の猶予《ゆうよ》を与えたのに、ブラントンはいきなり姿を消してしまったのだ……。

マスグレイヴ家の儀式書の解読については疑問の残る点がある。グラナダ版ドラマ『シャーロック・ホームズの冒険』の「マスグレーヴ家の儀式書」では、その部分を改変することによって問題を解決していた。

本作の冒頭では、ホームズがペルシャ・スリッパにタバコの葉をしまっているとか、居間の壁に弾痕で「V.R.」という文字を刻んだとか、シャーロック・ホームズを特徴づける重要な——そして有名な——要素が幾つも語られている。

第7篇は「ライゲイトの大地主」。3か国の警察が解決できなかった事件に2か月ぶっ通しでかかりきりだったホームズは過労のため倒れてしまった。静養の目的でロンドンを離れてサリー州ライゲイトにワトスンと共に滞在していたところ、事件に遭遇してしまうのである。まずアクトン家で奇妙な組み合わせのものばかり盗む泥棒が入り、そのすぐ後にカニンガム家で殺人事件が発生する。地元警察に依頼され、渋い顔をするワトスンを横目に、ホームズは嬉々として事件に取り組むが……。ホームズが「助けてくれ、人殺し！」と悲鳴を上げるという、非常に珍しいシーンがある。どのようなシチュエーションかは、ぜひお読みになって確認していただきたい。

第8篇は「背中の曲がった男」。ハンプシャー州オルダーショットに駐屯している連隊のバークリ大佐が、頭部を鈍器のようなもので打撃を加えられた状態で死亡しているのが発見される。その直前に大佐と口論していた夫人に容疑がかけられた。だがホームズの調査により、謎の人物が関係していたことが明らかになる……。

この事件の冒頭では夜遅く（深夜０時15分前）に、結婚して数か月のワトスン宅へホームズが訪ねてくる。泊めてくれというだけでなく、翌朝ハンプシャー州まで一緒に行こうというのだ。とても新婚家庭を構えたばかりの男性に対する行動とは思えぬが、喜んでホームズに同行するあたりが、いかにもワトスンらしい。イラストでは聖書に関する知識が要求されるが、たいていは訳注が付されているので大丈夫である。

第９篇は「入院患者」。依頼人は神経障害を専門とする医師パーシー・トレヴェリアン博士。彼はブレッシントンという紳士の出資により、ブルック街に自宅を兼ねた医院を開いた。体調の悪いブレッシントンも、そこへ入院患者として住むことに。だが英国在住のロシアの貴族だという人物が診察を受けに訪れて以来、おかしな出来事が発生した。ホームズの調査により、背後にあった重大事件が明らかになるのだった……。

本作の冒頭では、ホームズとワトスンは気分転換のためフリート街からストランド街へかけて散歩するのだが、シドニー・パジットのイラストではふたりが腕を組んで歩いている。この時代には、男性同士が腕を組んで街中を歩いたりするのはごく普通のことだったのである。

第10篇は「ギリシャ語通訳」。これはホームズの兄マイクロフトが登場することで有名な作品。ホームズとワトスンはお茶のあとにとりとめのない話をしているうちに、遺伝の話題になる。そしてホームズは自分の一族が先祖代々地方の地主だったこと、祖母が実在したフランスの画家ヴェルネの妹だったこと、そしてマイクロフトという兄がいることを初めて語ったのである。

ホームズはマイクロフトを紹介するからと、ペル・メル街にあるディオゲネス・クラブ（一般的なクラブは社交の場だが、ここは人嫌いが集まる）へとワトスンを連れて行った。そこでホームズは兄から、ギリシャ語通訳のメラス氏が体験した奇々怪々な事件を託されるのだった……。

冒頭、ホームズとワトスンは遺伝の話題になるまで「ゴルフのことから黄道の傾斜角度が変わる原因まで」行き当たりばったりの話をしていた。ホームズは『緋色の研究』では地動説すら知らなかったのに、ここでは「黄道の傾斜角度の変化」について語れるほど天文の知識を身につけている。かつてはワトスンをからかっただけだったのか、それともその後猛勉強をしたのかであろう。

ディオゲネス・クラブの来客部屋でシャーロックとマイクロフトの兄弟が繰り広げる

推理合戦はなかなかの名シーン。

第11篇は「海軍条約文書」。依頼人は外務省に勤務しているパーシー・フェルプスという人物。彼はワトスンと学校時代に親しかったので、その伝手《つて》をたどってホームズに頼んだのだ。フェルプスは職場で英国とイタリアのあいだで交わされた秘密条約の原本を筆写する仕事を任されたが、ちょっと目を離したすきに文書を盗まれてしまったのだ。外交上の利害に関する問題なので、これが他国へ漏れたら大変なことになる。ホームズは調査を開始する……。

パーシー・フェルプスの昔のあだ名は「おたまじゃくし」。なぜこんなあだ名になったのか、ぜひとも知りたいところである。

ホームズは依頼人の屋敷で話を聞いた後、コケバラの花をつまんだ状態で、宗教と推理とバラに関する論を展開し始める。インパクトが強く、一度読んだら忘れられないシーンである。

そしてホームズは事件の最後、ベイカー街の部屋でハドスン夫人に頼んでおいた「特別料理」を依頼人に提供し、大いに驚かせる。ホームズがお茶目な一面を見せるエピソードだ。

『回想』の最終篇となる第12篇は、その名も「最後の事件」。久々にワトスンのもとを訪れたホームズは、〝犯罪界のナポレオン〟と称される犯罪王モリアーティ教授について語る。ロンドンの悪事の半分と、迷宮入り事件の大半の黒幕はこのモリアーティなのだという。その犯罪の邪魔を続けてきたため、ホームズは命を狙われていた。そこでホームズは難を避けるべくワトスンとともにヨーロッパ大陸へ渡る。だがモリアーティの魔の手は、彼らを追ってくる……。

このエピソードをもって、シャーロック・ホームズのシリーズは一旦幕を引かれた。出版社へは、読者からの抗議の手紙が殺到したという。

『バスカヴィル家の犬』

「最後の事件」が〈ストランド〉誌1893年12月号に発表されてから8年近くを経て、遂に発表された新作シャーロック・ホームズ。同誌1901年8月号から1902年4月号に掲載。ただしこれはあくまで「最後の事件」よりも時系列的に前に発生した事件、という設定だった。

デヴォンシャー州ダートムアのバスカヴィル家には、魔犬の伝説があった。17世紀のヒューゴー・バスカヴィルの悪行のため、一族は巨大な魔犬に呪われているというのだ。そして先般、当主のサー・チャールズ・バスカヴィルが異様な状況下で命を落とした。その甥にあたるヘンリー・バスカヴィルはアメリカ大陸にいたが、彼が跡を継ぐことになった。サー・チャールズのかかりつけ医で友人でもあったジェイムズ・モーティマー医師は新しい当主の身にも危険が及ぶのではと心配して、ホームズに相談したのだ。

翌日、サー・ヘンリーがロンドンに到着し、ホームズと面会した。サー・ヘンリーのもとへは脅迫状めいた手紙が届き、またおかしな事件も発生していた。ホームズはサー・ヘンリーにダートムアへは行かないほうがいいと助言したが、サー・ヘンリーの決意は固かった。

『バスカヴィル家の犬』チェコ版

ロンドンから動けない状況にあったホームズは、ワトスンをサー・ヘンリーとモーティマー医師に同行させた。ワトスンはダートムアで見聞きしたことを逐一ホームズへ手紙で報告する。脱獄囚が荒野に隠れていること、バスカヴィル屋敷の執事が怪しいこと、蝶の収集家ステイプルトンという人物に遭ったこと、その妹が美人であること、などなど。そして遂に、奇怪な出来事が発生するのだった……。

本作は長篇ながら『緋色の研究』や『恐怖の谷』とは異なり、二部構成にはなっていない。その代わり、過去の伝説が序盤で語られる。

この作品はバートラム・フレッチャー・ロビンソンというジャーナリスト兼作家の協力によって書かれた。ただし、それがどの程度の〝協力〟だったかは不明である。彼が魔犬の伝説をコナン・ドイルに教えたことは確かだが、プロット段階までロビンソンが考えたのかどうかなどは、諸説がありはっきりしない。

『シャーロック・ホームズの生還』

3冊目の短篇集。その第1篇となるのは「空き家の冒険」。これは〈ストランド〉誌1903年10月号に掲載された。本作でホームズは、名実共に生還を果たすのである。1893年12月号掲載の「最後の事件」から、10年後のことだった。

賭けトランプ好きのロナルド・アデア卿が奇怪な状況で殺害される。ドアに鍵のかかった3階の部屋で、射殺されていたのだ。犯人が窓から逃げた形跡もない。

この事件にワトスンが興味を寄せているところへ、訪ねてきた人物がいた。その人物が変装を解くと、そこに立っていたのはモリアーティ教授との対決で死亡したはずのシャーロック・ホームズだった。ホームズはそれまでの経緯をワトスンに語って聞かせる。久々にワトスンとコンビを組んだホームズは、凶悪な犯罪者に罠をかける……。

シャーロック・ホームズ、遂に完全復活である。いきなりのホームズの出現に失神するワトスンというのも見所のひとつ。ここに登場するセバスチャン・モラン大佐は、アフガニスタン戦役の英雄でインドでは虎狩りの名手として知られるという、なかなかに特徴のある人物である。

既述の通り、本作だけは「最後の事件」よりも先に読んではいけない。

第2篇は、「ノーウッドの建築業者」。ホームズが復活し、ワトスンも再び相棒となり、通常営業となっての事件である。

若き事務弁護士のジョン・ヘクター・マクファーレン青年は、建築業者のジョナス・オウルデイカーから遺言状を正式文書にする仕事を頼まれた。その遺言状は、遺産相続人をマクファーレン青年に指定するものだった。しかしその文書を作成した直後、マクファーレン青年はオウルデイカー殺害の容疑をかけられてしまう。そこで彼は、警察に逮捕される前にと、ホームズのもとへ駆け込んだのである。

この事件で犯人が用いたトリックは、現代ならば成立し得ないし、当時でもちょっと目端が利く警察官ならば——ホームズでなくても——見抜くことはできたであろう。そのためグラナダ版ドラマ『シャーロック・ホームズの冒険』ではトリックを少し改変しており、その分恐ろしいものになっていた。

『シャーロック・ホームズの生還』タイ版

第3篇は「踊る人形」。ノーフォーク州在住のヒルトン・キュービットの屋敷に、一風変わった踊る人形の落書きがされるようになった。それを見たキュービット夫人は恐怖にふるえ、気を失ってしまった。しかし夫人はその理由を語ろうとしない。キュービットの依頼を受けたホームズはその人形が暗号であると見抜き、解読を始める……。

暗号ミステリの古典として知られ、またその人形の暗号が魅力的であるため、シャーロッキアン向けにこの人形をあしらったグッズなども作られている。

人形と言ってもいわゆる「おにんぎょう（ドール）」ではなく、人間を簡略化して線で描いた単純なもの。「ひとがた」と読むのが作品内容的には相応しいかもしれない。

第4篇は「美しき自転車乗り」。ヴァイオレット・スミス嬢は、亡き父の友人だというカラザーズの屋敷で、音楽の家庭教師として働くことになった。一家は親切だったが、同家に滞在し始めたウッドリーという男がいやらしく、強引に迫ってくる。また週末には帰宅するため、屋敷から鉄道駅までは自転車に乗っているのだが、その最中に自転車に乗った怪しい男性に尾行された。そのため、彼女はホームズに相談したのである。ホームズは彼女の身を案ずるが、事態は大きく動き出す……。

この事件の中でホームズは、ボクシングの腕前を披露する。『四つの署名』でポンディシェリ荘の門番マクマードはかつてホームズと試合をしたことを認めていたが、その頃の腕は鈍っていなかったようだ。

またホームズは、事件の結末に立ち会うべく足を速めた際には、ワトスンを100ヤード（約91メートル）ほども引き離している。ワトスンは脚の古傷が痛んだのかもしれないが、いずれにしても本作でのホームズは頭脳だけでなく体力にも自信があるところを見せ付けている。

第5篇は「プライアリ・スクール」。依頼人が部屋に入ってくるなり、足をすべらせて転倒し失神するという劇的な開幕を見せる。この依頼人はソーニークロフト・ハクスタブル博士。彼が校長を務めるハラムシャー州の私立予備小学校において、ホールダネス公爵のひとり息子ソルタイア卿が誘拐されたので、見つけ出してほしいというのだった。公爵は息子の居場所を知らせた者に5000ポンド、犯人の名を知らせた者に1000ポンド支払うという。

ホームズはワトスンと共にハラムシャー州へ向かう。ホームズは野原で自転車のタイヤ痕や蹄《ひづめ》の痕を見つける。そしてその先で見つけたものとは……。

ホームズは貧乏人からは経費分しか報酬をもらわないが、金持ちからは平気で巨額の報酬をもらうことがわかる事件である。またホームズの取引銀行がキャピタル・アンド・カウンティーズ銀行のオックスフォード街支店だということも明かされる。

第6篇は「ブラック・ピーター」。アザラシ漁船の船長だったピーター・ケアリは寡黙で陰気だったが、酒を飲むと悪鬼のように大暴れするという男だった。そんな彼が、船室そっくりに自分で建てた小屋で殺害された。銛《もり》で胸を貫かれ、壁に串刺しにされて。ホームズはホプキンズ警部の依頼で、この事件を調査することにした。ワトスンも連れてサセックス州の現場へ行くと、そこには異変があった……。

ホームズはこの事件の殺害状況を確認するため、ブタの死体に銛を突き刺す実験をしている。それだけならばいいが、彼はその銛を抱えたままロンドン市内を歩き、ベイカー街まで帰ってきたのである。現代ならば、警察に捕まっているところだろう。

このときの舞台は郊外となるため、イラストレーターのシドニー・パジットはディアストーカーをかぶった姿のホームズを描いている。

第7篇は「恐喝王ミルヴァートン」。チャールズ・オーガスタス・ミルヴァートンなる人物が、ホームズのもとを訪ねてきた。彼は依頼人ではなかった。恋文のような、ひとの秘密のあかしとなるものを買い取ってはそれを使って強請《ゆす》りを働く〝恐喝王〟だったのだ。巨額の金銭を要求し、それに応じられない場合は秘密を表ざたにして破滅させる。

ミルヴァートンに今まさに恐喝されているレディ・エヴァ・ブラックウェルが、ホームズに依頼をしたのだ。ホームズはミルヴァートンと交渉しようとするが、恐喝王は一歩も譲らない。

そこでホームズは、特別な作戦を実行する。配管工に変装して、ミルヴァートン邸に入り込んだのだ。そうして得た知識により、ホームズは危険な橋を渡ることにする……。

モリアーティ教授ほどではないにせよ、ミルヴァートンもホームズと対峙した悪漢の中では大物である。

原題は「Charles Augustus Milverton」であり、日本語で表記すると少々長い。そのため邦題は「恐喝王ミルヴァートン」などと工夫されてきた。「犯人は二人」としたものまである。

第8篇は「六つのナポレオン像」。ベイカー街を訪れて雑談をしていたレストレード警部が、ホームズに促されて話し出した事件は、実に奇妙なものだった。絵画や彫刻を扱うモース・ハドスンの店で、ナポレオンの石膏胸像が割られるという出来事があった。それだけならば子どものいたずらだろうで終わったのだが、話には続きがあった。その店で医者がナポレオン像を2体買って病院と自宅にかざったのだが、何者かが侵入して両方とも割られてしまったのだ。ホームズは、興味を抱く。

そして事件は、まだ続いた。それも悲劇的な形で……。

本作の中では、レストレード警部がホームズの腕前を大絶賛する。それに対してホームズも珍しく「ありがとう！　ほんとうにありがとう！」と、〝人間らしい温かい感情〟を垣間見せた。

この事件のモチーフが非常に魅力的なためか、いろいろとアレンジしたトリビュート作品が生まれている。BBCドラマ『SHERLOCK／シャーロック』では、サッチャーの像になっていた。横溝正史が若い頃に読んで探偵小説の魅力のとりことなった大正期の『肖像の秘密』は、舞台を日本に置き換えているために像も乃木将軍になっている。ほかには女の子向けの人形に置き換えた「六つの眠人形《ねむりにんぎょう》」（大下宇陀児《うだる》）や、ダルマに置き換えた上に数を減らした『五ツノダルマ』（タカノ・テツジ）もある。

第9篇は「三人の学生」。セント・ルーク・カレッジで、奨学金試験のためにギリシャ語英訳の問題が用意されていた。ところが、何者かが教師の部屋に侵入して、問題用紙を盗み見た形跡があった。その犯人を見つけてほしい、と教師のヒルトン・ソームズがホームズに依頼したのである。ホームズは、現場へ調査に訪れた。容疑者は、教師と同じ棟に住む三人の学生に絞られた。遺留品から、ホームズは真相を見抜いていく……。「わが英国の有名な大学町」にホームズがワトスンと共に下宿して「初期イギリスの勅許状《ちょっきょじょう》」について研究している際に事件を依頼される――という少々変わったパターン。オックスフォードもしくはケンブリッジと思われるが、明示はされていない。

第10篇は「金縁の鼻眼鏡」。ケント州のヨックスリー・オールド・プレイスのコーラム教授宅で、秘書のウィロビー・スミスが殺害されるという事件が発生。スタンリー・ホプキンズ警部に頼まれて、ホームズが乗り出すことになった。被害者は死に際に「先生、あの女です」という言葉を残していたが、果たしてその真意とは……。死体の右手に握られていたのは、タイトルにもなっている金縁の鼻眼鏡。これを検分したホームズは持ち主の特徴を即座に羅列しており、彼の推理力の高さを見せつけた。

ホームズはヘビースモーカーだが、この事件は「タバコを吸いながら考えをまとめる」以外に、彼の喫煙習慣が解決に役立てられた一例である。

事件の冒頭では、ホームズがフランスに関連する事件を解決した功績で、フランス大統領からの自筆の感謝状とレジオン・ドヌール勲章を贈られたことが語られている。

第11篇は「スリー・クォーターの失踪」。依頼人はケンブリッジ大学ラグビーチームのキャプテン、シリル・オーヴァートン。チームの要であるゴドフリー・ストーントンがロンドン滞在中に失踪してしまったので、ホームズに探して欲しいというのだ。オックスフォードとの試合が近いため、タイムリミットは短い。失踪した選手が滞在していたホテルの部屋で調査をしていると、そこに現れた人物は……。

〝スリー・クォーター〟というのは、ラグビーのポジションの名前である。失踪したストーントンもラグビー選手として有名人だったが、ホームズはこのスポーツに興味がなかったため、全く知らなかった。

ホームズはこの事件で、追跡のために「ポンピー」という犬を使っている。『四つの署名』に登場した「トービー」と同様、探偵犬として非常に優秀だった。

第12篇は「アビィ屋敷」。朝早く、まだ寝ていたワトスンはホームズに起こされて、チャリング・クロス駅からケント行きの列車に乗せられた。車中でようやくホームズが説明してくれたのは、ケント州マーシャムのアビィ屋敷というところで、主人のサー・ユースタス・ブラックンストールが殺害された事件だった。サー・ユースタスは火かき棒で頭を割られており、酷い有様だったという。ブラックンストール夫人は、その場でイスに縛り付けられていた。現地を調査したホームズは、ワインのボトルとグラスに注目した……。

ホームズが「獲物が飛び出したぞ！（The game is afoot!）」という、非常に有名な台詞を口にするのは、本作の冒頭である。

ホームズは時によっては、正義のためならば法に則らない場合がある。この事件など、その実例であると言えよう。

本書の最終篇となる第13篇は「第二のしみ」。ベイカー街221Bを訪ねてきたのは、大英帝国の首相を二度務めたベリンジャー卿と、ヨーロッパ問題担当大臣のトリローニー・ホープ。ある外国の君主からの親書をホープが紛失してしまったのだが、この手紙は他国の手に渡ると国際的な問題が発生する類のものだった。ホームズはスパイによる犯行と見込んだが、事件は予想外の方向へ展開する……。

首相と大臣が依頼に来たにもかかわらず、ふたりが当初手紙の中身を明らかにしようとしなかったため、ホームズは断ろうとした。相手がたとえ偉かろうが、態度を変えないのがホームズのポリシーである。

ワトスンは事件の発生年月を記すこともあるが、今回は非常に重要な国際的な事件のため、年代については伏せている上に「曖昧な点がいろいろあるとしても、はっきり書かないのは特別な理由があってのことだ」と語っている。

また本作の冒頭で本題に入る前に、ホームズは現在では探偵を引退し、サセックス・ダウンズで探偵学の研究と養蜂に専念した生活を送っている、と述べられており、ホームズの〝その後〟が明かされることとなった。「最後の事件」の際ほどに劇的ではないが、コナン・ドイルは本作でホームズ物の幕引きをしようと考えていたのである。しかし結局は、さらに書き続けることになるのであった。

『恐怖の谷』

4番目の、そして最後の長篇。ホームズのもとへ、フレッド・ポーロックなる人物からの暗号が届く。ポーロックとは犯罪王モリアーティ教授の組織に関係のある犯罪者だが、時折ホームズに事前情報を漏らしていた。

ホームズがその暗号を解いた答えを紙に書きとめたところへ、スコットランド・ヤードのアレック・マクドナルド警部が訪ねてくる。警部はその紙を目にして、驚愕する。彼が正にいま持ち込んできた事件に関する事柄が、書かれていたからだ。

サセックス州の北はずれのバールストンという土地にある屋敷で、ジョン・ダグラスなる人物が殺害されたので、同行してほしい、と警部は依頼する。死体はショットガンで頭部をずたずたにされていた。

ホームズは見事に事件を解決するが、その原因となったのはアメリカのヴァーミッサという土地での出来事だった。ヴァーミッサ谷には鉱山があったが、そこを支配しているのは〝スコウラーズ〟という犯罪組織だった……。

二部構成になっており、第1部はバールストン館の事件をホームズが捜査し、第2部ではアメリカの過去の話となる。第1部はいつものようにワトスンの語りで書かれているが、第2部は『緋色の研究』の第2部と同様に三人称で書かれている。

『恐怖の谷』ロシア版

長篇4作の中では、第1作でありホームズとワトスンが初めてコンビを組む『緋色の研究』、ワトスンがメアリ・モースタンと出会う『四つの署名』、怪奇味たっぷりの『バスカヴィル家の犬』に比べると知名度が一番低いかもしれない。しかしミステリ界では評判が良く、ジョン・ディクスン・カーや江戸川乱歩は本作を高く評価している。

また本作で用いられたトリックは、その舞台にちなんで「バールストン・ギャンビット」と名づけられ、ミステリ界における用語として定着している（この語の意味するところについて説明するにはトリックの内容を明かさねばならないため、ここには明記しないでおく。未読の方は読了後に調べていただきたい）。

本作冒頭、ホームズに「モリアーティ教授のことは話したことがあっただろう?」と問われたワトスンは「あの有名な、科学的犯罪者のことだな」と答えている。つまりこの時点でワトスンはモリアーティの存在を〝知っていた〟のである。

ところがホームズとモリアーティ教授の最終決戦、つまり本作よりも時系列的には後になる「最後の事件」において、ホームズに「モリアーティ教授の噂を聞いたことは、おそらくないだろう?」と問われて、ワトスンは「ないなあ」と答えている。要するにワトスンはその時点でモリアーティを〝知らない〟ことになっている。——この矛盾をいかに解決すべきかも、シャーロッキアンの腕の見せ所である。

『シャーロック・ホームズ最後の挨拶』

第４短篇集。収録は7篇のみで、正典短篇集の中で一番薄い。『回想』のところで述べたように、かつて「ボール箱」は本書に収録されていたが、後に本来の発表順を重視して『回想』に収録されるようになった。そのため8篇から7篇に減り、なおさら薄く（収録数が少なく）なったのである（創元推理文庫は新訳版でもこちらに収録のため8篇）。

また単行本刊行順としてここでは『恐怖の谷』の後ろに置いたが、本書中で『恐怖の谷』以降に発表されたのは「最後の挨拶」のみ。ほとんどは『恐怖の谷』以前の発表だったのである。

本書収録作はこれまでのように毎月連載されたものではなく、散発的に発表されたため、最終的には1908年から1917年まで9年間もかかっている。

第1篇は「ウィステリア荘」。ジョン・スコット・エクルズがホームズのもとを訪れ、奇妙な体験をしたと語った。アロイシャス・ガルシアなる人物に招かれてサリー州のウィステリア荘に宿泊したのだが、朝になってみると主人も使用人もみんないなくなって、ひとり取り残されていた、というのである。単なるいたずらかとも思われたが、ベイカー街221Bへ警察がやって来て、エクルズを殺人容疑で逮捕する、というのだった……。

ワトスンはこの事件の発生を、手帳の記録によれば「1892年3月末」だと書いているが、それだと「最後の事件」と「空き家の冒険」のはざまに当たってしまう。そのためワトスンが手帳の手書き文字を読み間違えたか、なんらかの理由によって発生年月を明示したくなかったのだ——などと考えられている。

正典の短篇としては珍しく二部構成となっており、〈ストランド〉誌での連載も2か月に亘っている。

第2篇は「ブルース・パーティントン型設計書」。マイクロフト・ホームズ再登場のエピソード。ウリッジ国営兵器工場で働くアーサー・カドガン・ウェストが婚約者と一緒にいた際に、突然消えてしまう。そして地下鉄線路の近くで死亡しているのが発見されたのだが、そのポケットから重要なブルース・パーティントン型潜水艦の設計図の一部が見つかったために、大事件となった。かくして、マイクロフトがわざわざベイカー街221Bまで訪れて真相解明を依頼したのである。

この事件の後、ホームズがヴィクトリア女王からエメラルドのタイ・ピンをもらったらしいことについては「第3章　ホームズが活躍した「舞台」（時代と地理）」中の「大英帝国の絶頂期——ヴィクトリア時代」の項に先述したので、そちらを参照のこと。

第3篇は「悪魔の足」。この事件に関する記録を発表してはどうだろう、とホームズからワトスンに電報が送られてきたのをきっかけに公表された、という珍しいパターン。ワトスンの筆によれば1897年春に発生した「コーンウォールの恐怖」と呼ばれた事件。元々不養生な上にきつい仕事が続いて働きづめだったホームズが、医者からしっかり休むようにと言われてコーンウォールで転地療養している際にたまたま遭遇した。

『シャーロック・ホームズ最後の挨拶』台湾版

トレダニック・ウォラスという村に住む、トリジェニス一家を襲った悲劇。一晩で兄弟ふたりは精神に異常をきたし、妹は死亡してしまったのである。しかも、悲劇はそれで終わらなかった。ホームズはワトスンと共に危険な実験を行い、真相を解明する……。

　科学的に未知の物質が出てくるため、本作をSFに分類する研究家もいる。

　第4篇は「赤い輪団」。依頼人は下宿屋の大家をしているウォレン夫人。10日前から住んでいる下宿人の様子があまりにも奇妙なので、ホームズに相談したのである。入居して以降、朝から晩まで部屋の中を歩き回っている足音は聞こえるのに、姿は全然見せないのだ。部屋には絶対に入らないで欲しいと指定し、頼みごとも紙に書いて寄越す。ホームズが調査に乗り出すと、これが国際的な大事件に発展するのだった……。

　本作に登場するピンカートン探偵社については「第3章　ホームズが活躍した「舞台」（時代と地理）」の「海の向こうから来るもの——アメリカ、アジア」の項で述べた通り。

暗号ミステリでもあるのだが、この暗号及びホームズの解読法については疑問の余地がある。

第5篇は「レディ・フランシス・カーファクスの失踪」。ラフトン伯爵の子孫であるレディ・フランシスが、スイスのローザンヌで消息を絶った。彼女は各国を渡り歩いていたが、その際には貴重な宝石類を常に手元に置いていた。ロンドンを離れられない事情のあったホームズは、ワトスンをローザンヌへと送る。ワトスンが見つけ出したものとは、出会った人物とは。そしてレディ・フランシスの行方は……。

本作に登場するフィリップ・グリーン閣下はロンドンでランガム・ホテルに滞在しているが、これは「ボヘミアの醜聞」でボヘミア王が泊まっていたのと同じホテルである。また『四つの署名』で依頼人メアリ・モースタンの父モースタン大尉が滞在していたのもここであった。

作中「小さいながらも非常に有能なホームズ自身の組織」に言及されるが、これがベイカー街イレギュラーズのことか、ほかの情報屋のことを指しているのかは、はっきりとしない。

第6篇は「瀕死の探偵」。これは「ワトスンが結婚して2年」という年の11月、ワトスンがベイカー街221Bとは別なところに住んでいた時期に発生した。ハドスン夫人が「ホームズ先生が死にそうです」と、ワトスンに知らせに来る。あわててワトスンが駆けつけると、熱に浮かされてうわごとを言うような状態だった。ホームズは、事件を調査していて病気にかかったのだと語る。そしてこの病気の専門家を呼んでくるようにとワトスンに頼むのだった……。

本作はシャーロック・ホームズの寝室で話の大半が展開する、珍しいパターンである。この寝室は居間と同フロア、扉を隔てたところにあるものと考えられている。

本書の最終篇となる第7篇は「最後の挨拶――シャーロック・ホームズのエピローグ――」である。本作は1917年9月、第一次世界大戦の最中に発表された。作品も大戦の開戦前夜を背景としており、時系列的には一番最後のエピソードとなる。英国の海辺、ハリッジ近くの別荘に住むフォン・ボルクはドイツ人のスパイだった。彼は英国の軍事機密をドイツへ送るのが任務だった。

ホームズは隠遁生活を送っていたが、英国首相と外務大臣に懇請され、ドイツのスパイ組織を調べることになったのである……。

本作は物語の構造上、ワトスンの視点ではなく三人称で書かれている。正典の大半はワトスンの一人称だが、数少ない例外のひとつが本作なのである。

ラスト近辺では「東の風が吹いてきたね、ワトスン」「この有為転変《ういてんぺん》の時代にあっても、きみだけは変わらないね」など、ホームズの名台詞が連続する。

『シャーロック・ホームズの事件簿』

第5短篇集にして最後の短篇集、そして最後の単行本である。12篇を収録。時系列的に最後となる「最後の挨拶」を書いて今度こそホームズ物を終わらせようとしたコナン・ドイルだったが、ホームズ劇「王冠のダイヤモンド」（1921年5月初演）を執筆し、戯曲を小説に書き換える形で「マザリンの宝石」という短篇を完成させた。結局、これが皮切りとなってホームズ・シリーズをまたしても再開することになったのである。しかし執筆の間隔は広がり、年間に1～3作であった。最終的に1921年から1927年までかかって発表された後、一冊にまとめられるのである。

昭和6年から8年（1931～33）に改造社から《ドイル全集》が刊行された際、本書のみ我が国における翻訳権が取得された。そのためコナン・ドイル作品全体の翻訳権が切れるまで、本書は自由に邦訳刊行することができなかった。その間、文庫での刊行は新潮社のみに限られていたが、新潮文庫版は各短篇集から数篇ずつ抜いて『シャーロック・ホームズの叡智』を作っていたため、原書通り全作を収録した文庫版『シャーロック・ホームズの事件簿』が刊行されたのは、翻訳権が切れた後の創元推理文庫版（1991）が初となった。

第1篇は「マザリンの宝石」。先述の通り舞台劇を小説化したため、ワトスンの一人称ではなく三人称で書かれている。10万ポンドするという王冠のダイヤモンド〝マザリンの宝石〟盗難事件が発生し、総理大臣や内務大臣がホームズに捜査を依頼した。ホームズは宝石の行方を知るべく、ベイカー街221Bに罠を用意した。そこへ現れたのが、ネグレット・シルヴィアス伯爵だった……。

その成立の経緯やトリックの関係もあって、221Bの部屋の構造が他作品には書かれていない形となっており、ホームズ研究家泣かせとなっている。

第2篇は「ソア橋の難問」。アメリカで世界一の金鉱王として名を馳せたJ・ニール・ギブスンはハンプシャー州に広大な地所を買ってマナー・ハウスで暮らしていたが、夫人が頭を撃ちぬかれて亡くなるという悲劇に襲われた。ギブスンが心を寄せている家庭教師ミス・ダンバーが容疑者となったため、ホームズに真相解明を依頼した。

　この事件における地名「ソア・プレイス」「ソア池」「ソア橋」の「ソア」とは原語では「Thor」で、北欧神話の雷神「トール」（アメコミやアメコミ映画の「ソー」）のことである。

　またこの事件において用いられたトリックは、我が国における横溝正史の某作品など、後世の推理小説に影響を与え、さまざまなヴァリエーションを生んだために「ソア橋トリック」などと呼ばれるようになった。

　本作の冒頭で、コックス銀行の貴重品保管室にはワトスン博士のブリキ箱が管理されており、その中にはホームズの事件記録が入っている、と述べられる。ここで紹介されるような、タイトルや断片は明かされるが作品としては発表されていない事件については、本章の「語られざる事件」の項で詳述する。

　第3篇は「這う男」。ケンフォード大学の老教授プレスベリーは、同僚教授の若い娘と

『シャーロック・ホームズの事件簿』イスラエル版

再婚することになった。だが婚約して以来、プレスベリー教授は怪しい行動を取るようになった。不審に思った教授の助手が、ホームズのもとへ相談に訪れた……。

真相は奇想天外なもので、推理小説の範疇を超えてしまっていると言えるだろう。小説家ロバート・L・スティーヴンスンの某作品の影響を受けたものと考えられる。『シャーロック・ホームズ最後の挨拶』中の「悪魔の足」と同様、科学的に未知の物質が登場することから、SFに分類する研究者もいる。

舞台となる大学「ケンフォード」は架空のものだが、ケンブリッジとオックスフォードを足したものであることは明々白々である。

本作でホームズが別居しているワトスンに送った「都合がよければすぐ来てくれ——都合が悪くても来てくれ。S・H」という電報は、非常に有名である。

第4篇は「サセックスの吸血鬼」。サセックス州ランバリーのチーズマン屋敷に住むロバート・ファーガスンは、妻が自分の赤ん坊の首筋から血をすすっているところを目撃した。彼は法律事務所に相談し、シャーロック・ホームズを紹介されたのである。

依頼人のファーガスンはかつてラグビーをやっていたが、やはりワトスンがその頃ラグビーチームに所属していたため、対戦したことがあった。

本作の冒頭でも「ソア橋の難問」と同様に、「語られざる事件」が幾つか並べられている。

第5篇は「三人のガリデブ」。南アフリカ戦争の終わった直後、1902年6月末に発生したとワトスンが述べているので、ヴィクトリア時代が終わり20世紀に入ってからの事件である。米国カンザス州のアレグザンダー・ハミルトン・ガリデブの遺言で、非常に珍しい〝ガリデブ〟という苗字の人間が3人集まれば莫大な遺産をもらえると聞いたネイサン・ガリデブが、ホームズに相談した。そもそもアメリカから来た弁護士だというジョン・ガリデブが持ち込んできた話なので、残るはあとひとり。だがホームズの調査の結果、予想外の結末を迎えることになる……。

『シャーロック・ホームズの冒険』中の某事件と、トリックの類似性が指摘されている。クライマックスにおいてワトスンが危機にさらされたため、ホームズは「けがなんかしてないよな、ワトスン？　頼むから、けがはないと言ってくれ！」と、心からの台詞を発した。この台詞が、本作を特に有名にしている。

第6篇は「高名な依頼人」。悪党として知られるアデルバート・グルーナー男爵が、ド・メルヴィル将軍の令嬢ヴァイオレットを籠絡して婚約してしまった。ヴァイオレット嬢は周囲の人間にいくら諭されても、耳を傾けようとしない。そこでとある高名なお方の代理人がホームズを訪ねて、なんとかしてほしいと頼み込んだのである。この高名な依頼人の正体は明示されていないが、研究者は時の英国国王エドワード7世であろうと推測している。

1902年の9月に発生した事件で、ワトスンはこの事件の公表を許して欲しいとホームズに長年頼んできて、10回目くらいでようやっと許可されたという。

この事件の最中にホームズは襲撃されて負傷するのだが、それを街中の新聞売りから知ったワトスンは、友の身を案じて大慌てでベイカー街へ駆けつけるのだった。美術趣味のあるグルーナー男爵は日本についても詳しく、「奈良の正倉院」や「聖武天皇」の名を出している。

第7篇は「三破風館」。ベイカー街221Bに黒人ボクサーのスティーヴ・ディクシーが飛び込んできて、ハロウの件には手を出すなとホームズを脅した。ホームズは、ミドルセックス州ハロウ・ウィールドの三破風館（スリー・ゲイブルズ）という屋敷に住むメイベリー夫人から、依頼の手紙を受け取っていたのだ。夫人は館を買い取りたいという申し出を受けていたが、調べると持ち物を何も持ち出せない契約になっていたので、不審に思って相談したのだ。さらには館で新たな事件が起こる。一連の出来事の背後にいたのは……。

ホームズは黒人ボクサーに対し、差別的な発言をしている。時代的には致し方ないとはいえ、現代の観点からすると残念ではある。

この事件では、ラングデール・パイクという人物が登場する。世の中で起きたスキャンダルなら何でも知っているという情報通で、ホームズは彼から事件に関係した情報を仕入れている。

第8篇は「白面の兵士」。正典には珍しく、ワトスンではなくホームズの一人称で書かれたもの（同様の形式のものは、ほかに「ライオンのたてがみ」のみ）。ボーア戦争でアフリカへ従軍していたジェイムズ・M・ドッド氏は、戦友ゴドフリー・エムズワースの行方を捜していた。ベドフォード州にあるエムズワース家を訪ねたら、父のエムズワース大佐から酷い対応を受けた上に、夜に奇妙な体験をしたため、ホームズに相談した。

真相が明かされる過程で医学的な話が出てきて、現代の観点からすると明らかに間違っているのだが、これはやむをえないことであろう。

ホームズは「善良なるワトスンはそのころ、わたしを見捨てて妻と結婚生活を送っていた」と書き記している。ボーア戦争後の1903年の出来事なので、これは何回目かの結婚であろうと考えられている。

第9篇は「ライオンのたてがみ」。ホームズが探偵業から引退して、サセックスで隠遁生活を送っている時期の事件を取り上げた、唯一の作品である。ホームズはサセックス・ダウンズで養蜂と研究にいそしんでいたが、嵐の翌日、職業訓練校の科学教師マクファースンが酷い状態で倒れ、死んでしまう現場に遭遇した。マクファースンは死の直前に「ライオンのたてがみ」という言葉を残した。その言葉は何を意味するのか、マクファースンを殺したのは誰なのか。事件のほうから転がり込んできたために、引退後にもかかわらずホームズは再び探偵として復活せざるを得なかった……。

傍らにワトスンがいない時期の事件のため、「白面の兵士」と同様にホームズの一人称で語られる。

マクファースンの死の状況にやや疑問は残るけれども、真相解明において登場する〝もの〟は、架空ではなく実在している。

第10篇は「隠居した画材屋」。引退してルイシャムに住む画材商人ジョサイア・アンバリー老人は、20歳も若い妻がレイ・アーネスト博士という男と一緒に彼の貯えを奪って駆け落ちしたので、探してほしいとホームズに依頼した。別な事件で手を離せなかったホームズは、ワトスンを派遣する。その結果、恐るべき事実が判明するのだった……。捜査の初日が終わった時点で、ホームズは「アルバート・ホールでカリーナが歌ってくれる」と、ワトスンをコンサートに誘っている。ホームズの音楽好きを表すエピソードである。

第11篇は「ヴェールの下宿人」。サウス・ブリクストンで下宿屋を営むメリロー夫人が、ホームズに依頼した。7年前から下宿しているロンダー夫人は、常にヴェールをつけて顔を見せようとしない。ちらりと見えたことがあるが、それは顔とは言えないような顔だった。しかし彼女が何かを抱え込んであまりにやつれ果てている様子だったので、ホームズに話をしてはとメリロー夫人が提案したのである。ロンダー夫人がかつて発生した「アッバス・パーヴァの悲劇」という事件に関係していることを知ったホームズはそれを引き受け、下宿屋に向かう。そこでロンダー夫人の語ったこととは……。ホームズはこの件では、特に捜査をすることはなく、女性から話を聞いただけである。それによって、ひとりの人間が救われることになるのだが。

本書の最後となる第12篇は「ショスコム荘」。バークシャー州のショスコム荘に住むサー・ロバート・ノーバートンは競走馬の調教厩舎の主。借金で首が回らず、今度のダービーでショスコム・プリンス号にすべてを賭けていた。しかし最近どうも様子がおかしい、と調教主任ジョン・メイスンがホームズに相談した。バークシャー州に赴いたホームズとワトスンの見たものとは……。

「名馬シルヴァー・ブレイズ」と同じく競馬に関する事件で、ワトスンの賭博好き、競馬好きが明かされる話でもある。作品としては「名馬シルヴァー・ブレイズ」のほうが知られている感はあるが、あちらは地方競馬、ショスコム・プリンスはダービー出走馬なので、格はこちらのほうが上なのである。

この「ショスコム荘」が、アーサー・コナン・ドイルのホームズ物の掉尾《ちょうび》を飾ることになる。本作が発表された3年後、コナン・ドイルが死去し、正典は60篇で完結となったのである。

経外典（アポクリファ）

「アーサー・コナン・ドイルの書いたシャーロック・ホームズ物は全部で60篇ある」と書くと、正しいようで実は間違っている。それはここまで紹介した単行本9冊の合計60

篇（正典）とは別に、外伝ともいうべき作品が幾つか存在するためである。シャーロッキアンは聖書になぞらえ、「正典（キャノン）」60篇に対し、それらを「経外典（アポクリファ）」と呼んでいる。ざっくり分類すると（A）コナン・ドイル自身によるホームズ・パロディ、（B）コナン・ドイルによる戯曲版ホームズ、（C）ホームズらしき人物が登場するコナン・ドイルの短篇、の３種類である。

まずは（A）コナン・ドイル自身によるホームズ・パロディから。「競技場《フィールド》バザー」は、ベイカー街２２１Ｂを舞台とした掌篇。シャーロック・ホームズはいつもの推理力で、ワトスン博士が何を考えているか、何をしようとしているかをぴたりと当てていく。ワトスンは母校のエディンバラ大学がクリケット競技場を拡張するためのバザーに協力を求められていた……という話で、特に事件も発生しなければ、犯罪も関係しない。

この作品は、エディンバラ大学のバザーのために発行する会誌にコナン・ドイル自身が寄稿を求められて、執筆したものである。つまり、楽屋オチにもなっているのだ。

もうひとつのパロディは「ワトスンの推理法修業」で、やはりベイカー街２２１Ｂだけが舞台の掌篇。いつもホームズの推理力を見せつけられているワトスンは、それぐらい自分にもできる、と主張。ではやってみたまえというホームズに対して推理を開陳するが……という話。前作同様に、事件も発生しなければ犯罪も関係しない。正典におけるホームズの推理方法そのものを茶化している、とも読める内容である。

こちらはメアリー王妃への英国国民からの贈り物として企画された「王妃の人形の家」の書斎に収める豆本のために書かれたもの。一般向けにはE・V・ルーカス編『王妃の人形の家の書斎の本』（1924）に収録された。2014年には、豆本の形で復刻されている。

続いては（B）コナン・ドイルによる戯曲版ホームズ。「まだらの紐——シャーロック・ホームズの冒険」は1910年6月4日にロンドンのアデルフィ劇場で初演された演劇の脚本。『シャーロック・ホームズの冒険』所収の「まだらの紐」を原作としている。小説では依頼人の来訪で物語が始まるが、こちらではそれ以前の出来事も語られている。また普段はチョイ役の少年給仕ビリーが大活躍するほか、ベイカー街のシーンではミルヴァートンがちらりと登場したりする。ただ戯曲化したものというよりも、新たな物語として楽しめる。固有名詞も、ロイロット博士が「ライロット博士」、ヘレン・ストーナーが「イーニッド・ストーナー」になるなど改変されている。

「ストーナー事件」と題されて細部が微妙に異なるヴァリアント（異版）も存在し、これも別作品としてカウントされる場合もある。

「王冠のダイヤモンド」は1921年5月に初演された演劇の戯曲。黄色い王冠のダイヤモンドが盗まれた事件で、宝石の行方を突き止めるため、ホームズが罠をしかける。悪漢は『シャーロック・ホームズの生還』所収の「空き家の冒険」でおなじみのセバスチャン・モラン大佐。空気銃の使い手であるとか、いかさまカード師であるとかは、「空き家……」での設定を踏襲している。

コナン・ドイルの息子アドリアン・コナン・ドイルの証言によると1910年代に執筆していたということだが、詳細は不明。コナン・ドイルは1912年の母メアリ・ドイル宛ての書簡で「一幕もののシャーロック劇」に言及しているが、これが「王冠……」であるかははっきりとしていない。

この戯曲を小説の形に書き直したのが、『シャーロック・ホームズの事件簿』の「マザリンの宝石」。基本的な話の構造は同じだが、「王冠……」のモラン大佐が、「マザリン……」ではネグレット・シルヴィアス伯爵という新キャラに書き換えられている。

「暗黒の天使たち」は、『緋色の研究』を原作とする戯曲。主に第2部「聖徒たちの国」に基づいており、第3幕にワトスン博士は登場するがシャーロック・ホームズは登場しない。

1889年から1890年頃にかけて執筆されたが、一度も上演されなかった。研究者の間でその存在は知られていたものの、コナン・ドイルの遺族が公開を拒んでいたため久しく日の目を見ず、2001年にようやく公刊された。第3幕は長さの異なる別ヴァージョンも存在する。

さらには、戯曲『シャーロック・ホームズ』（1899）という長篇劇も存在する。これはコナン・ドイルが書いた戯曲を、ウィリアム・ジレットがほぼ全面的に書き直したものである。合作として扱われるが、実際はジレットの比重のほうが大きいようだ。

書き直すにあたっては、ジレットはコナン・ドイルに「ホームズを結婚させてもいいか」と問い合わせた。コナン・ドイルはそれに「結婚させるも殺すも好きにされたし」と電報の返事をしたことで、よく知られている。

アリス・フォークナーという女性の持つ手紙を、ホームズと悪党の両方が探していた。ホームズは手管を用いて一旦手紙を手に入れるが（このくだりは「ボヘミアの醜聞」のヴァリエーション）、アリスにほだされて手紙を彼女に返す。一方、悪党たちは犯罪王モリアーティ教授に相談する。かくしてホームズとモリアーティが対決することになる……

という話。ワトスンやビリー少年も登場する。おなじみのキャラクターやおなじみのモチーフは登場するものの、全体としてはオリジナルのストーリーである。ジレットは自らがホームズを演じて大好評となり、彼のイメージが世間一般のホームズ像に与えた影響は大きい。

この戯曲はその後もホームズ劇の代表となり、時を超えて繰り返し上演され続けた。喜劇王チャールズ・チャップリンは、少年時代にこの劇でビリーを演じたこともある。また、ウィリアム・ジレット主演でこの劇が映画化されたこともある。この映画は長らく失われていたが、フランスでフィルムが発見され、BD及びDVD化された。このおかげで、我々は動くジレット＝ホームズを見ることができるようになったのである。

そして（C）ホームズらしき人物が登場するコナン・ドイルの短篇。

「時計だらけの男」（1898）は鉄道ミステリ。列車が駅に到着したところ、一等車の個室の中にいた三人の乗客が消え、代わりにひとりの男が心臓を撃ち抜かれて死んでいた、という謎めいた状況だった。彼は切符を持っていなかったかわりに、高価な金時計を六つも身につけていた……というのもミステリ的にとても魅力的だ。

途中〝高名な犯罪研究家〟の推理が新聞に掲載されるのだが、ホームズ研究家の間ではこれがホームズではないかと見做されている。真相が明らかになってみればこの推理は間違っていたので、ホームズならば「失敗した事件のひとつ」にカウントしているところだろう。

「消えた臨時列車」（1898）もまた、鉄道ミステリ。当時の英国では、個人でも料金を払えば臨時列車を仕立てて走らせることができた。そんな臨時列車が、駅と駅の途中で消え失せてしまったのである。

こちらでは〝当時名声を博していた素人探偵家〟が、推理を〈タイムズ〉紙に発表するのだが、その抜粋の冒頭で「不可能なことを取り除いていけば、残ったものがどんなにありそうもないことであっても、その中に真実がある」と述べている。これはシャーロック・ホームズお得意の台詞ではないか。

これら2作は〈ストランド〉誌に連載され『炉辺物語』としてまとめられている。

以上の（A）～（C）のほかにも、作品のプロットだけ残されているものなどがあるが、どこまで経外典に含めるかは研究者の判断次第である。

戯曲『シャーロック・ホームズ』と「暗黒の天使たち」以外は、北原尚彦・西崎憲編『まだらの紐　ドイル傑作集1』（創元推理文庫）でまとめて読むことができる。当該戯曲2作は笹野史隆訳《コナン・ドイル小説全集》32〜35巻『シャーロック・ホームズ物語外典』に収録されている。ただし完全予約制・直接販売の全集のため一般書店で販売されていないので、国会図書館などを利用していただきたい。

語られざる事件

シャーロック・ホームズ正典の作中で、ホームズが関わった事件として事件名や概要だけは述べられているものの、作品としては書かれていないものが多数ある。これらは「語られざる事件」と総称されている。

例えば「マスグレイヴ家の儀式書」でホームズは、ワトスンと出会う前に手がけた事件に関する資料の詰まったブリキ箱を見せびらかしながら「すべてがうまくいった事件とはかぎらないが、なかにはかなりおもしろいものもあるよ。こいつはタールトン殺人事件の記録だ。これはワイン商人ヴァンベリの事件。こっちはロシアの老婦人の事件に、アルミニウム製松葉杖の怪事件。それから、内反足《ないはんそく》のリコレッティとその憎むべき細君の事件の全貌もある」と述べている。どんな事件なのか詳しく知りたいと思ってしまうものばかりだが、これらについてはコナン・ドイルは作品化していないのである。

まるで三題噺のような「政治家と灯台と鵜飼いにまつわる一件」(「ヴェールの下宿人」)や、〝傘を取りに家へもどったきり、忽然と姿を消してしまった〟「ジェイムズ・フィリモア氏の事件」(「ソア橋の難問」)や〝ある春の朝、ちょっとした霧の中へ航行していったまま二度と姿を現さなかった〟「小型帆船《カッター》アリシア号の事件」(同)のようにシチュエーションが興味をそそるものなど、語られざる事件には魅力的なものが多々ある。

中身がわからないがために、判断の難しい語られざる事件もある。「海軍条約文書」の冒頭には「疲れたキャプテンの事件」というタイトルでワトスンのノートに記されているものがある、と述べられている。これは訳によっては「疲労した船長の事件」とされている場合もあるが、この〝キャプテン〟が船長ではなくスポーツ・チームのキャプテンを指している可能性もあるのだ。これは有力選手が失踪したためにラグビーチームのキャプテンがホームズに依頼に来た正典「スリー・クォーターの失踪」を指しているのではないか、という説を唱えている研究者もいる。

「ソア橋の難問」の記述によれば、それら語られざる事件の記録を収めたブリキの文書箱(ふたに「元インド軍所属、医学博士ジョン・H・ワトスン」と名前が記されている)は、チャリング・クロスにあるコックス銀行の貴重品保管室に仕舞われているという。ビリー・ワイルダー監督映画『シャーロック・ホームズの冒険』は、同銀行でこのブリキ箱のほこりをはらってふたを開けるところから始まっており、ここだけでぞくぞくさせられる。

これら「語られざる事件」は、どこまでカウントするかで全体の数は左右される。『緋色の研究』では、ホームズが探偵であるとまだワトスンが知る前に、ホームズのもとを「流行の服装をした若い女性」や「白髪頭でむさくるしいなりの行商人らしいユダヤ人」や「だらしない感じの中年女性」や「白髪の老紳士」や「ビロードの制服を着た鉄道のポーター」が訪ねてきている。ホームズは「あの人たちはみんな、ぼくの仕事の客なのさ」と語っている。つまりそれぞれ別な事件の依頼人である可能性が高く、ここだけで五つの語られざる事件が存在することになる。

また『四つの署名』でも、依頼人メアリ・モースタンは彼女を家庭教師として雇っているセシル・フォレスター夫人が「ちょっとした家庭内のもめごと」をホームズに解決してもらったことがある、と語っている。これもまた、語られざる事件に分類される。

その他、「アレック・マクドナルド警部を手助けした事件」(『恐怖の谷』)のようなものもカウントしていけば、語られざる事件は百件ほども存在するのだ(ただし研究者によってその総数は異なる場合がある）。

このように非常に興味をそそられる語られざる事件は、ホームズ・パスティーシュやパロディの形で作品化されることが多い。アドリアン・コナン・ドイル&ジョン・ディクスン・カー『シャーロック・ホームズの功績』や、ジューン・トムスン『シャーロック・ホームズの秘密ファイル』及びそれに続くシリーズ、北原尚彦『シャーロック・ホームズの蒐集』などはその最たる例である。またアンソロジー『シャーロック・ホームズの栄冠』（北原尚彦編）の第Ⅲ部は「語られざる事件篇」となっている（これらについては「第6章　次に進むべき道」の「ほかの作家が書いた続編〝パスティーシュ〟」及び「バラエティ豊かな〝パロディ〟」の項でも詳しく述べる）。『アルミニウムの杖』や『赤いひる』のように、ヨーロッパでバンド・デシネ（コミック）化されているものもある。

BBCドラマ『SHERLOCK／シャーロック』では、正典だけでなく「アルミニウムの杖」や「バチカンのカメオ」などの語られざる事件も、あちこちでモチーフとして用いられていた。特別篇『忌まわしき花嫁』も、語られざる事件「内反足のリコレッティとその憎むべき細君の事件」（「マスグレイヴ家の儀式書」）をベースとしていた。

我が国では、いしいひさいちが「ワトスン・メモ」「ワトスン・ノート」として、語られざる事件をギャグ四コママンガ化している。その後に続く「ワトスン文書」は、正典が元ネタのものと語られざる事件が元ネタのものとが入り混じっている。

新谷かおるがホームズの姪を主人公に描いたコミック『クリスティ・ハイテンション』『クリスティ・ロンドンマッシブ』の一部では語られざる事件を用いており、シャーロッキアンを驚かせた。また２０１９年にフジテレビ系列で放映されたディーン・フジオカ主演の月９ドラマ『シャーロック』は正典原作ではなく語られざる事件を取り扱っており、「アントールドストーリーズ」と副題が付されていたことも、特筆すべきであろう。

魅力的なタイトルの語られざる事件の場合、複数の作家が作品化していることもあるが、これは全く問題がない。バッティングしようとも、どのように解釈して作品にするかが重要なのである。

――ここで一旦シャーロック・ホームズの作品世界を離れ、次章ではシャーロック・ホームズをこの世に送り出してくれた大恩人――アーサー・コナン・ドイルを紹介する。

第5章　真の作者アーサー・コナン・ドイル

医者を目指し、やがて作家へ

シャーロック・ホームズの事件記録は、一部の例外を除いてジョン・H・ワトスンが書いたという体裁になっている。しかし既に述べた通り、その真の作者はアーサー・コナン・ドイルである。本章では、コナン・ドイルの生涯及びその業績について概説しよう。

ミドルネームを含むフルネームはアーサー・イグナチウス・コナン・ドイル。「ドイル」と略してしまう場合が多いが、正確には複合姓のため「コナン・ドイル」がファミリーネーム（苗字）である。とはいえ欧米でも文中などでは「ドイル」とだけ表記する場合もあり、慣例として許容されている。

コナン・ドイルは1859年5月22日、スコットランドのエディンバラにて、父チャールズ・ドイルと母メアリ・フォーリーの間に生まれた。

祖父ジョン・ドイルは肖像画家で風刺画家の草分けとしても知られる人物、伯父リチャード・ドイルは妖精画や〈パンチ〉誌の風刺画で有名な画家——という具合に、芸術家の一族だった。しかし父チャールズはたまに絵を描くこともあったものの測量技師を生業としていた。この父はアルコール依存症で（このため後に療養所に入ることになる）、家計は苦しかった。一家を取り仕切っていたのは母メアリで、コナン・ドイルは彼女を「マァム」と呼んで敬愛していた。このマァムが与えた影響こそ、後に

コナン・ドイル（シドニー・パジット画、1890年ごろ）

至るまで非常に大きかった。

8歳でランカシャーにあるストーニーハースト・カレッジの進学準備校ホダーハウスに入学(1867年)、10歳でストーニーハースト・カレッジに入学(1869年)。1876年に、17歳でエディンバラ大学の医学部に入学する(大学以前の入学年は資料によって差異が見られ、年号と年齢には諸説あり)。

医者を目指すよう彼に諭したのは母メアリだったが、コナン・ドイルがここへ入学したことは非常に運命的だった。彼はエディンバラ王立病院のジョゼフ・ベル博士の助手を務め、医学を学ぶことになるのだが、このベル博士は患者の手や膝や顔色などを見ただけで、職業や病状をぴたりと言い当てたのだ。コナン・ドイルは後にこれを応用して、シャーロック・ホームズの推理法を描き出す。つまりベル博士こそ名探偵ホームズの実質的モデルなのである。

またこの大学のウィリアム・ラザフォード生理学教授は奇人で、教室にたどり着く前から講義内容を話し始めてしまうようなことがあったという。コナン・ドイルは後に、彼の容貌や奇矯さをモデルにして『失われた世界』のチャレンジャー教授を生み出すのだ。

大学在学中から小説を書いては雑誌に投稿するようになる。1879年には、無署名ながらも「ササッサ谷の怪」という短篇でデビューを果たす。

1880年には北極圏へ向かう捕鯨船ホープ号に船医として乗り組んでいる。これは後に「北極星号の船長」という短篇を書く際に、経験が生かされた。

1881年に医学部を卒業。船医として今度はアフリカへ向かう船に乗り込んだ。1882年、学友にもちかけられてプリマスで診療所を開き共同診療を行うが、方針が合わずすぐに決裂。独立して、ポーツマスのサウスシーで個人医院を開業した。しかし患者は少なく、診療の合間に小説を書き続けてはあちこちの雑誌に短篇を発表した。そして1885年、26歳にして患者の姉だったルイーズ・ホーキンズと結婚するのだった。

1886年3月上旬、コナン・ドイルは『もつれた糸かせ』と題した長篇の執筆をスタートする。これにはシェリンフォード・ホームズとオーモンド・サッカーという人物が登場するのだが、4月下旬に書き上げたときにはそれがシャーロック・ホームズとジョン・H・ワトスン博士になり、題名は『緋色の研究』となった。

しかしこれは、すんなりとは出版されなかった。あちこちの出版社に送ったものの採用されず、最終的には版権買い切りの形で、1887年11月刊行の〈ビートンズ・クリスマス・アニュアル〉誌に一挙掲載された。シャーロック・ホームズが世に出た瞬間である。

ホームズの大成功

『緋色の研究』はそこそこ話題になり、翌1888年には単行本化された。この際には父チャールズ・ドイルが挿絵を書いている。しかしシャーロック・ホームズは最初から大人気、というわけにはいかなかった。

その後、アメリカから〈リピンコッツ・マガジン〉の編集者が来英し、コナン・ドイルに原稿を依頼した。それに応えて書いたのがホームズ第2長篇『四つの署名』（1890）である。これは『緋色の研究』以上に評判が良かった。

眼科の仕事に興味を持ち始めていたコナン・ドイルは、1891年に勉学のため妻と共にウィーンへ渡る。しかしここでの勉強は途中で断念し、帰国してロンドンで診療所を開く。

同年、短篇シリーズの形でシャーロック・ホームズを書き始め、著作権代理人を通じて編集者に売り込んだ。そしてこの時期、コナン・ドイルは患者の少ない診療所を閉め、専業作家になる決意を固めたのである。

ホームズ・シリーズの売り込みは成功し、この年に創刊されたばかりの〈ストランド・マガジン〉にて連載が始まった。7月号掲載の第1回「ボヘミアの醜聞」から大いに評判となり、連載が続くにつれて人気はうなぎ登りとなり、〈ストランド・マガジン〉の売上部数を押し上げる結果となった。コナン・ドイルは遂に〝人気作家〟になったのである。

しかし今度は、別な形で懊悩《おうのう》することになった。彼は自分の本分は歴史小説にあると考えていたので、〝ホームズの作家〟として有名になるのは不本意だったのだ。

彼は早々にホームズ・シリーズを打ち切ろうと考えたが、先述のとおり〝マァム〟こと母メアリのおかげで、『冒険』でホームズが終了する危機は回避されたのである。

だが1893年、妻とともにスイスを訪れたコナン・ドイルは、ホームズを葬る絶好の場所を見つけてしまう。ライヘンバッハの滝である。かくして、〈ストランド・マガジン〉同年12月号に「最後の事件」が発表され、シリーズは（この時点では）終止符を打たれた。これに対する読者の反応は大きかった。出版社には怒りの手紙が舞い込み、ロンドンの街にはホームズに弔意を示す喪章を着けた人々が出現したという。それでも、コナン・ドイル自身はせいせいしていた。

一方、この時期からしばらく、彼のプライヴェートでさまざまな出来事があった。1893年には療養所にいた父チャールズが死去。同年、妻ルイーズが結核であると発覚。彼女の療養のため、1894年にスイスに滞在。1895年にはイングランドのサリー州の空気が結核の療養に適していると勧められたために、サリー州ハインドヘッドに土地を購入して邸宅を建築。同年から翌1896年にかけては妻を連れてエジプトに滞在。

1897年に、新たな出来事が起こる。コナン・ドイルはジーン・エリザベス・レッキーと知り合い、やがて相愛の仲となるのである（1906年に妻が死去し、1907年にジーンと再婚する）。

1899年に第二次ボーア戦争が勃発したため陸軍に志願するが、年齢と体重を理由に不合格となる。しかし翌1900年には医療奉仕団の一員として南アフリカの戦地へ向かった。

この間、読者や編集者からは、シャーロック・ホームズを復活させるように言われ続けるが、それに頷くことはなかった。しかし友人フレッチャー・ロビンソンから怪奇色あふれるアイディアをもらい、これにはシャーロック・ホームズを登場させるのが一番であると考える。かくして１９０１年から１９０２年にかけて、新たなホームズ譚『バスカヴィル家の犬』が発表された。とはいえこれは「最後の事件」以前の物語に設定されていた。

おそらくはコナン・ドイルの心も変わってきていたのであろう。そんなところへアメリカの編集者から破格の原稿料の申し出があり、１９０３年の「空き家の冒険」でシャーロック・ホームズは名実ともに復活を遂げるのである。

一番書きたかった歴史小説ほか、広い分野での活躍

コナン・ドイルはシャーロック・ホームズの作者として広く知られている。しかし本人が一番書きたかったのは、英国の騎士道を扱った歴史小説だった。

彼の騎士道好みは、プランタジネット家の血を引くという母からの影響が大きいだろう。また彼は幼少期からロマンチックな騎士道物語を愛好したという。

彼の歴史小説のジャンルにおける代表作は——と問われれば、『白衣の騎士団』（１８９１）ということになるだろう。これはエドワード３世の時代、百年戦争を背景とした物語。

コナン・ドイル自身も本作を気に入っており、15年を経て続篇『ナイジェル卿の冒険』(1906)を発表した。ただし作品内の時系列的には『白衣の騎士団』よりも前の時期を舞台としている。前作で白衣隊の隊長として活躍したサー・ナイジェルの、若き日の物語である。

『ナポレオンの影』(1892)は、ナポレオン戦争の中でも有名な「ワーテルローの戦い」(1815)を描いた作品。『白衣の騎士団』や『ナイジェル卿の冒険』の背景よりもぐっと新しく、昭和の作家が明治小説を書いたぐらいの感覚だろうか。

『勇将ジェラールの回想』『勇将ジェラールの冒険』は、ナポレオン戦争の時代を背景とする歴史小説だが、『シャーロック・ホームズの冒険』などと同様の連作短篇で、娯楽色も強い。また英国側ではなくフランス側の軍人を主人公としているところが特徴である。

これらのほかにも『マイカ・クラーク』『ベルナック伯父』などの歴史小説がある。

コナン・ドイルは歴史物以外にも、さまざまなジャンルの小説を発表した。特にSFの世界においては、大きな足跡を残している。『失われた世界』(1912)は、彼のSF作品の中でも代表作である。念のために述べておくと、当時はまだSF(サイエンス・フィクション）という用語はなく、「科学ロマンス」という名で呼ばれていた。

『失われた世界』は、恐竜（及び大昔に絶滅したはずのさまざまな動物たち）が生き残っている、という小説の先駆であり、このためにそのジャンルは『失われた世界』の原題から「ロスト・ワールド物」と呼ばれるようになるのである。

奇人として知られるチャレンジャー教授は、恐竜をはじめとする古代の絶滅動物が、南米の隔絶した大地に生き残っている証拠がある、と主張した。それに反対するサマリー教授、ハンティング好きのロクストン卿、そして語り手のマローン記者が探検隊を組み、アマゾンの奥地を目指して出発した……という物語。

この作品は大人気となり、コナン・ドイルはさらに同じキャラクターたちを別な作品に登場させ、シリーズ化する。『毒ガス帯』（1913）は、破滅テーマのSFの古典的

『失われた世界』〈ストランド・マガジン〉1912年8月号

名作として知られる作品。地球全体を毒ガスが覆ってしまうことをチャレンジャー教授が予測するが、世間の大半には信じてもらえず、教授と仲間たちだけがそれに備える……という物語。我が国では、児童向けに『地球さいごの日』と題されるなどして、広く読まれてきた。

さらに長篇『霧の国』（1925）が書かれる。これは同シリーズ作品ではあるものの、微妙にSFとは言いにくい。本作は最終的にチャレンジャー教授が心霊学を認めるに至るという内容で、心霊小説と言うべきであろう。

以降、おなじみのキャラクターが登場する短篇SF「地球の悲鳴」「分解機」を発表。コナン・ドイルは『マラコット深海』というSF長篇も書いている。これはチャレンジャー教授ではなくマラコット博士が登場する非シリーズ作品だが、これもコナン・ドイルのSF分野における代表作のひとつと言えよう。深海に棲息する人類がおり、〝潜降函〟によって海中調査をしていたマラコット博士らが彼らと遭遇する、という物語。

これらのほかにもSF要素のある作品は幾つも発表している。洞窟の奥深くに太古の生物が生き残っているという「青の洞窟の恐怖」、地球の上空には不可解な生物たちが住んでいたという「大空の恐怖」などなど。コナン・ドイルは科学的空想の力においても秀でていたのである。

怪奇小説の分野では、短篇で多数の傑作を残している。孤立した南洋の島にある工場で労働者がひとりまたひとりと消えていく「樽工場の怪」、中世に使われていた革製の漏斗《ろうと》が悪夢を引き起こす「革の漏斗」、大学生の持っていたミイラが恐ろしい出来事の原因となる「競売ナンバー二四九」などなど。

『クルンバーの謎』は、怪奇長篇の佳品。スコットランドの一地方に引っ越してきたインド帰りの陸軍少将はクルンバー館という屋敷に閉じこもっていたが、それには理由があった。彼は過去から逃れようとしていたのだが、それを逃がさじと、三人のインド僧侶が怪異をもたらす……という物語。

作家となる前の職業は医者だったので、医学界の知識を生かした作品も書いている。『赤いランプをめぐって』は、医学テーマの短篇集。「生理学者の妻」「初めての手術」「イヴの呪い」などを収録。ホームズやチャレンジャー教授、勇将ジェラールのような共通キャラクターは登場しない、テーマ作品集である。これらの中には、医者を登場させつつもサスペンスである「サノクス令夫人」のような作品もある。

また医学生時代に船医として船に乗り組んだ経験を踏まえた、海洋小説もある。《シャーキー船長》シリーズは、18世紀前半を背景に、ハッピー・デリバリー号という船に乗って悪行を働く海賊を主人公とした悪漢小説。

「北極星号の船長」は、氷に覆われた極地の海で発生した怪奇な出来事を描いた傑作短篇。「ジェ・ハバカク・ジェフスンの遺書」は実際にあったというマリー・セレスト号事件に材をとった奇談。「ジェランドの航海」は、珍しく日本（横浜）の港を舞台にした作品。

コナン・ドイルはスポーツマンでもあったため、小説においてもスポーツを題材にした作品を書いている。「スペディグの魔球」は、コナン・ドイル自身もプレイしていたクリケットをテーマにした作品。全く無名だった選手トム・スペディグが大きな試合で投手として繰り出した魔球とは……。

「クロックスリーの王者」は、ボクシング小説の中篇。授業料の支払いに困っていた医学生が、助手を務めている医院に薬を取りに来た乱暴な男をうっかり殴り倒してしまったことから、〝クロックスリーの王者〟と呼ばれるチャンピオンを相手にボクシングの試合をする羽目になる話。その他にも短篇「バリモア公の失脚」「ファルコンブリッジ公」などがある。

英国では狩猟もスポーツのひとつ。「狐の王」は、狐狩りをテーマにした短篇。以上のジャンルのほかにも、3人の子どもたちと両親の日々を描いた家庭小説『その三人』、若き日の経験に基づく自伝的小説『スターク・マンローからの手紙』などがある。『ラッフルズ・ホーの奇蹟』のように、SF的要素や恋愛小説要素など複数の側面を持ち、ジャンル分類の難しい作品もある。

これほど多方面の小説を書いたコナン・ドイルだけに、「シャーロック・ホームズの作者」としてのみ知られることを嫌ったのではなかろうか――と推察される。

犯罪捜査や心霊学など多様な活動

実生活において、コナン・ドイルは作家業と家庭生活以外に、さまざまな活動を行った。

スポーツは、いくつもの競技をプレイした。ポーツマスで医者を開業していた時代には、同地のサッカー・チーム（ポーツマスＡＦＣ）でゴールキーパーとして活躍。だがこの時代、サッカーは医者のような職業の人間がやるものとは考えられていなかったため、体面を守るために〝Ａ・Ｃ・スミス〟という偽名を使っていたのである。

また同時期、やはりポーツマスのクリケット・クラブで選手としてプレイしていた（こちらは偽名の必要なし）。クリケットは、作家として大成した後年にもプレイしている。友人だったJ・M・バリーのクリケット・チームに参加していたのである。スイスに滞在した際はスキーをしているが、これはアルペン・スキーの歴史上ごく初期のことで、彼自身がパイオニアとなった。

そして彼は自らの愛国心に則り、第二次ボーア戦争が勃発すると戦地へ向かったことは先述した通り。帰国後はこの戦争に関する戦記や小冊子を書いて英国を擁護し、その功績が認められて1902年にはナイト爵に叙せられ〝サー・アーサー〟となる。

1914年に第一次世界大戦が始まった際にも、地方義勇隊を結成した（ただしこのような民間の予備兵組織の結成は国によって禁じられてしまった）。最終的には志願書を送ったけれども、55歳という年齢では採用されることはなかった。

選挙に打って出たこともある。1900年の総選挙では、自由統一党候補としてスコットランドのエディンバラから出馬した。残念ながら、落選。1906年に、今度はスコットランドのホーイクから総選挙に出馬（やはり自由統一党候補として）。だが、これもまた落選。

シャーロック・ホームズばりに、自ら犯罪捜査を行ったことも。ひとつは、家畜が連続して殺害される出来事が発生した際に、父がインド人だからという人種差別的な理由もあって、しっかりした証拠もないのに有罪判決を受けたジョージ・エダルジの事件。もうひとつはダイヤモンドのブローチが盗まれ高齢の独身女性が殺害された際、別の軽微な事件の犯人だったために目撃者まででっちあげられて死刑判決を受けたユダヤ系ドイツ移民オスカー・スレイターの事件。どちらも、コナン・ドイルの正義感が「冤罪」を許せなかったのであろう。

そしてコナン・ドイルが何よりも傾倒したのが――心霊学である。第一次世界大戦で親族を亡くしたために心霊学を信じるようになった、と言われていたこともあるが、それは１９１０年代後半になってコナン・ドイルが心霊学を信じていると明言したためである。実際は、それ以前から「心霊現象研究協会」の会員だったのだ。

19世紀末から20世紀初頭にかけて英国で心霊学や降霊術が大流行した影響もあるだろうが、そもそもの発端はドイル家が代々敬虔なカトリック教徒だったにもかかわらず、コナン・ドイルがその教えを棄てたことにあるだろう。彼にとって心霊学は、カトリックに取って代わる〝宗教〟だったのである。

晩年にはアメリカなどで講演旅行を繰り返しており、コナン・ドイルとしては主に心霊学をテーマに話したかったのに、シャーロック・ホームズの話を求められることも多かったという。

コナン・ドイルの心霊写真

我が国では、『新しき啓示』と『重大なるメッセージ』を合本にした『コナン・ドイルの心霊学』、心霊怪異談集『神秘の人』(別邦題『コナン・ドイルの心霊ミステリー』)、妖精写真に関する『妖精の出現』、ジョーゼフ・マッケーブとの心霊学に関する公開討論の速記録をまとめた『スピリチュアリズムの真理』などが訳されている。

シャーロック・ホームズに関しては、1903年の復活以降にも〝ホームズはもう探偵をやめて引退している〟という記述をしたり、「最後の挨拶」でまたしても終わりにしようとしたりとしていたが、心境の変化や金銭的な問題もあり、結局は1927年の「ショスコム荘」まで書き続けた。そしてその3年後の1930年にコナン・ドイルは死去するのであった。

シャーロック・ホームズにしか興味のない方には、コナン・ドイルの話は退屈だったかもしれない。しかしコナン・ドイルの生涯を知れば、「どうしてホームズ正典がこのような形になったたか」もご理解いただけたことと思う。それでは次章からは「コナン・ドイル以外のシャーロック・ホームズ」の道へ――幾つにも分岐している道へ――進むとしよう。

第6章　次に進むべき道

ほかの作家が書いた続篇〝パスティーシュ〟

コナン・ドイルが書いたシャーロック・ホームズ正典は全部で60作、単行本にして9冊。読もうと思えば、すぐにすべて読めてしまう。

しかし、シャーロック・ホームズのキャラクターや世界が好きになってしまった、もっと読みたい――という場合はどうすればいいだろうか。

そこでお勧めなのが〝パスティーシュ〟である。簡単に言えば、アーサー・コナン・ドイルではないほかの作家が、筆致を真似て真面目に書いた続篇である。茶化したり、別な要素を導入したり、ホームズもどきが探偵だったりするものは〝パロディ〟と呼ばれる（これについては後述する）。この両者を合わせて現代風に言えば〝二次創作〟ということになる。

とにかくもっと読みたい、という方にお勧めなのが、アドリアン・コナン・ドイル&ジョン・ディクスン・カー『シャーロック・ホームズの功績』である。名前から推測のつく通り、アドリアンはコナン・ドイルの息子。カーはアメリカの探偵小説作家で、密室ミステリの巨匠と呼ばれる。あたかもコナン・ドイルが書いたかのように書かれており、正典9冊の次に読むのに相応しいだろう。

『シャーロック・ホームズの功績』

「語られざる事件」をベースにしているが、最後まで読むと正典から当該部分が引用され、どの事件であるか判明する仕掛けになっている（詳しいシャーロッキアンならば、途中に登場する単語で気付くのだが）。12話収録しており、前半6話は合作だが、カーの健康上の理由により後半6話はアドリアン単独の作となっている。

続いて読むべきパスティーシュは、英

国の女性ミステリ作家ジューン・トムスンによる『シャーロック・ホームズの秘密ファイル』。やはり語られざる事件を扱った短篇集ながら、こちらは〝さまざまな理由により公開されなかった事件記録〟という体裁になっている。そのため正典よりもやや暗い印象の事件が描かれるが、パスティーシュとしての出来は優秀である。シリーズ化されており、『シャーロック・ホームズのクロニクル』『シャーロック・ホームズのジャーナル』『シャーロック・ホームズのドキュメント』と続くので、気に入れば読み続けることができる。

マイクル&モリー・ハードウィック『シャーロック・ホームズの優雅な生活』は、ビリー・ワイルダー監督映画『シャーロック・ホームズの冒険』のノベライズとして書かれたものながら、パスティーシュとしての完成度は高く、一読の価値あり。ホームズとワトスンが記憶を失った女性を助けたことから、スコットランドにまで移動しネス湖であの怪物に遭遇する——という展開だが、超常的な話では終わらない。

ニコラス・メイヤーの長篇『シャーロック・ホームズ氏の素敵な冒険』は、ホームズが実はひどいコカイン中毒だったとか、モリアーティ教授が実は……というところなど正典そのままでない部分があるため「コナン・ドイルそっくり」とは言い難いが、大ヒットしてホームズのパスティーシュ及びパロディの中興の祖となったほどの作品で、映画化もされた。

とある場所からワトスン博士の原稿が発見され、それを読んでみると未公表のホームズの事件記録だった……という形式は、後のパスティーシュでも使われるひとつのパターンとなった（ジューン・トムスンしかり）。長篇パスティーシュ第２作『ウエスト・エンドの恐怖』もある。それ以降の長篇は残念ながら未訳。

近年〝シャーロック・ホームズ61番目の作品〟との触れ込みで出版されて大いに話題になったのが、アンソニー・ホロヴィッツ『シャーロック・ホームズ　絹の家』。その事件内容ゆえにワトスンが発表を控えていた事件記録の原稿という設定で、やや暗い色調。ジューン・トムスンの短篇パスティーシュを長篇にしたような印象である。

ホロヴィッツには『モリアーティ』という作品もあるが、これはちょっと特殊な形で書かれているため、正典そっくりなものを求めては読まないほうがいいだろう。とはいえ、純粋にミステリとして非常に面白い。

日本の作品では、我田引水のようになって恐縮だが、北原尚彦『シャーロック・ホームズの蒐集』がある。これは『シャーロック・ホームズの功績』を模範とし、語られざる事件を扱った本格パスティーシュ短篇集である。各作品の最後に正典から当該部分の引用がある形式も『功績』を踏襲している。

その他短篇では、コナン・ドイルの死後に彼の遺品から原稿が見つかったために「未発表だった六十一番目のホームズ作品」として一旦は発表された「指名手配の男」がある。ただしこれは実はアーサー・ホイティカーという人物の作品で、コナン・ドイルに合作を持ちかけて送ったものである、と後に判明した。コナン・ドイルは提供アイディアとしてこれを買い取っていたものの、使用しなかったのである。

『シャーロック・ホームズの蒐集』

ロナルド・A・ノックス「一等車の秘密」や、ヴィンセント・スターリット「珍本「ハムレット」事件」も、単発の短篇ながらも優れたパスティーシュである。

バラエティ豊かな〝パロディ〟

ほかの作家による、少し変わった（もしくは非常に変わった）ホームズ物を読みたくなったら、パロディを読むことになる。まずはホームズ・パロディの代表とも言うべき作品から。アメリカのミステリ作家ロバート・L・フィッシュによる「シュロック・ホームズ」シリーズである。シュロック・ホームズはワトニイ博士を相棒とする〝迷探偵〟で、シャーロック・ホームズのような推理を展開するもののいつも間違ってしまう。しかし推理は間違っているのに、なぜか事件はいつも解決してしまうのだ。

　タイトルのみならず作中にも正典もじりが頻出し、正典を知っていれば知っているほど楽しめる。シャーロック・ホームズを茶化しているとはいえ、決して馬鹿にしているわけではない。作者の正典に対する愛があるからこそ、書ける作品なのである。いずれも短篇で『シュロック・ホームズの冒険』『シュロック・ホームズの回想』『シュロック・ホームズの迷推理』の3冊にまとめられている。

『シュロック・ホームズの冒険』

　アーサー・ポージスのステイトリー・ホームズ・シリーズもなかなかの傑作だ。かなり特殊なシチュエーションの不可能犯罪ものだが、奇想天外極まるトリックが明かされるのだ。初期作品3作はアンソロジー『シャーロック・ホームズの栄冠』(北原尚彦編)に訳されているが、後期作品は未訳となっている。ホームズもどきが登場するパターンの作品は短篇が多いので、このようにアンソロジーに多数収録されている(アンソロジーについては後ほど詳述する)。

ホームズもどきの極北とも言うべき作品は、フランスのカミ作の『ルーフォック・オルメスの冒険』である。泥棒が空飛ぶボートで逃走するなど現実ではあり得ない事件が発生するのだが、それをオルメス探偵はものすごいアイディアで捕まえてしまうのだ。〝オルメス〟という名前こそホームズのフランス語読みだが、作品そのものに正典もじりの要素は薄い。しかし作品自体は空前絶後の面白さである。

真面目な筆致で書いているけれども、実在の人物や他作家の創作した架空の人物と対決したり競演したりするパターンのパスティーシュも多数ある。コナン・ドイルはそのようなことをしていないので、〝正典そのまま〟とは少し外れてしまい、パロディと見なされる。対決相手でおそらく一番多いのは、実在した連続殺人鬼・切り裂きジャックであろう。複数の娼婦を殺害したが逮捕されず正体不明のままに終わったこと、事件発生が1888年とホームズ活動時期に重なっていることから、対決させやすいのである。

最も有名なのは、映画を小説化したエラリイ・クイーン『恐怖の研究』である。ほかに長篇だけでもエドワード・B・ハナ『ホワイトチャペルの恐怖』やマイケル・ディブディン『シャーロック・ホームズ対切り裂きジャック』などがある。

　架空の人物との対決の場合で特に有名なのは、モーリス・ルブラン『ルパン対ホームズ』。ただし我が国では慣例として〝ホームズ〟と訳す場合が多いが、原作ではホームズもどきの〝ハーロック・ショームズ〟である。

　ローレン・D・エスルマン『シャーロック・ホームズ対ドラキュラ』の相手はブラム・ストーカーの生んだ吸血鬼であり、怪奇幻想の要素も含まれてくる。エスルマンはジキル博士とも対決させているが、そちらは残念ながら未訳。

『シャーロック・ホームズの宇宙戦争』

　マンリー・W・ウェルマン&ウェイド・ウェルマン『シャーロック・ホームズの宇宙戦争』では、H・G・ウェルズ『宇宙戦争』の火星人とまで対決してしまう。

　日本作家によるものだと、島田荘司『漱石と倫敦ミイラ殺人事件』や柳広司『吾輩はシャーロック・ホームズである』ではロンドン留学時代の夏目漱石と、松岡圭祐『シャーロック・ホームズ対伊藤博文』では伊藤博文と競演している。

シャーロック・ホームズ自身ではなく、正典に登場するサブキャラクターを主人公とした作品もある。

中でも人気なのがモリアーティ教授。ジョン・ガードナー『犯罪王モリアーティの生還』『犯罪王モリアーティの復讐』、マイケル・クーランド『千里眼を持つ男』、アンソニー・ホロヴィッツ『モリアーティ』、キム・ニューマン『モリアーティ秘録』など多数。

キャロル・ネルソン・ダグラス『おやすみなさい、ホームズさん』『おめざめですか、アイリーン』『ごきげんいかが、ワトスン博士』は、アイリーン・アドラーを主人公にしたシリーズ。

クイン・フォーセット『フライジング条約事件』はマイクロフト・ホームズが、M・J・トロー『霧の殺人鬼』『クリミアの亡霊』『レストレード警部と三人のホームズ』はレストレード警部が主人公。

アンソニー・リード《ベイカー少年探偵団》シリーズや、T・マック&M・シトリン《シャーロック・ホームズ&イレギュラーズ》は、ベイカー街イレギュラーズにスポットを当てた作品。

北原尚彦『ホームズ連盟の事件簿』『ホームズ連盟の冒険』は、ワトスン、マイクロフト、ハドスン夫人、モリアーティ教授など正典サブキャラクターをひとりずつ順に主役に据えていく連作短篇集。

正典には登場しないホームズの家族や関係者を描いた作品もある。ナンシー・スプリンガー《エノーラ・ホームズの事件簿》シリーズは、ホームズの妹が主役で、映像化もされた。ブライアン・フリーマントル『シャーロック・ホームズの息子』『ホームズ二世のロシア秘録』はホームズの息子。アビイ・ペン・ベイカー『冬のさなかに　ホームズ2世最初の事件』はホームズの娘。ブリタニー・カヴァッラーロ『女子高生探偵シャーロット・ホームズの冒険』『女子高生探偵シャーロット・ホームズの帰還〈消えた八月〉事件』『女子高生探偵シャーロット・ホームズ最後の挨拶』は、5代目ホームズとなる16歳女子が主人公。

日本のコミックでは、ホームズの姪が活躍する新谷かおる『クリスティ・ハイテンション』『クリスティ・ロンドンマッシブ』がある。

ローリー・キング『シャーロック・ホームズの愛弟子』に始まるシリーズでは、メアリという若い女性がホームズの弟子（というかパートナー）になる。

ホームズ自身が登場するが、全盛期ではなく少年期や逆に老齢期を描いたものもある。アラン・アーノルド『ヤング・シャーロック　ピラミッドの謎』は、スティーヴン・スピルバーグ製作総指揮映画のノベライズ。最近のものではアンドリュー・レーンが《ヤング・シャーロック・ホームズ》というシリーズを書いている。

高齢ホームズだと、古くはH・F・ハード『蜜の味』、最近のものだとマイケル・シェイボン『シャーロック・ホームズ最後の解決』や、映画化もされたミッチ・カリン『ミスター・ホームズ　名探偵最後の事件』がある。

動物パロディ、というジャンルもある。世界的に有名なのはキャラクターを犬に置き換えた日本のアニメーション『名探偵ホームズ』。一部、宮崎駿が携わったことでも知られている。

イヴ・タイタスの《ねずみの国のシャーロック・ホームズ》シリーズは、ベイカー街にねずみたちの住む国があり、ねずみの探偵ベイジルは221Bのホームズの足元で探偵術の勉強をしている、という設定。ストーリーが面白いだけでなく、ポール・ガルドンの描くイラストがとても可愛らしい。シャーロッキアンやミステリ作家の名前をもじったネズミたちも登場し、大人の読者もニヤリとさせられる。

仲野ワタリ《名探偵!?ニャンロック・ホームズ》シリーズは、人間の言葉を喋るペルシャ猫が探偵役。ヒロモト『猫探偵はタマネギをかじる　ニャーロック・ニャームズの名推理』も猫の探偵で、相棒はニャトソン。

ウィリアム・コツウィンクル『名探偵カマキリと5つの怪事件』のように、キャラクターを〝虫〟にしてしまったものまである。

多数の作家によるさまざまなパターンのパスティーシュやパロディを集めたアンソロジーも刊行されている。エラリイ・クイーン編『シャーロック・ホームズの災難』はその元祖で古典的作品を多数収録しているが、コナン・ドイルの遺族からクレームがついて絶版となった。

各務三郎編『ホームズ贋作展覧会』は、日本オリジナルのアンソロジー。本章「ほかの作家が書いた続篇〝パスティーシュ〟」の項で触れたヴィンセント・スターリット「珍本「ハムレット」事件」など収録。

北原尚彦編『シャーロック・ホームズの栄冠』も日本オリジナルで、前記2冊と重複しないよう配慮してある。「王道篇」「もどき篇」「語られざる事件篇」「対決篇」「異色篇」と分類・章立てされている。ロナルド・A・ノックスやアントニイ・バークリーなどミステリマニア好みの作家から、『くまのプーさん』のA・A・ミルンまで収録。

日本人作家によるものはミステリー文学資料館編『シャーロック・ホームズに愛をこめて』『シャーロック・ホームズに再び愛をこめて』や、北原尚彦編『日本版シャーロック・ホームズの災難』にまとめられている。

その他特殊例では、ホームズの伝記という形式で書かれたW・S・ベアリング＝グールド『シャーロック・ホームズ　ガス燈に浮かぶその生涯』、ホームズ自身の回想録という形式のマイケル・ハードウィック『シャーロック・ホームズ　わが人生と犯罪』、ホームズ役者が探偵となるジュリアン・シモンズ『シャーロック・ホームズの復活』、ホームズに影響を受けたカウボーイが探偵役のスティーヴ・ホッケンスミス《荒野のホームズ》シリーズ、ホームズ・パロディの形で書かれた入門書のレイモンド・スマリヤン『シャーロック・ホームズのチェスミステリー』など、さまざまなパターンがある。

パロディは多様性に富んでいるため、ホームズ関係なら何でも読む、というのでなければ、自分好みのカテゴリーの作品を探していくとよいだろう。

より深く知るための〝研究書〟

パスティーシュやパロディで〝新たな〟シャーロック・ホームズを読むだけでなく、正典そのものをより〝深く〟知りたい、という方には研究書がお勧めだ。また自分でも研究してみたいというならば、なおさら過去の研究を読んでおいたほうがいい。

ホームズ研究には、さまざまな種類がある。まずは「年代学」。正典の記述から、それぞれの事件の発生年月日を割り出す研究だ。ワトスンが日付をはっきり書いていればいいが、そうでなければさまざまな条件から絞り込んでいかねばならない。ワトスンの記述が間違っている場合もある。

事件の発生した場所を調べるのは「地理学」。架空の地名の場合もあるので、その際は実際にはどこであるかを判断する。建物なども同じように「だれそれが住んでいたのはここである」という具合に、探し出すのだ。

どんな単語や固有名詞が出てくるか、それがどのような頻度であるかを調べる研究もある。これなどは、正典を端から端までなめるように読んで行わねばならない。

ベイカー街221Bの建物の構造を研究したり、鉄道だけに着目したり、動物の行動を調べたりと、絞り込んだテーマで行う場合もある。「ワトスンは女だった」などのように、正典のいろいろな描写から突飛な結論を導き出す研究まである。

日本のように非英語圏の場合は、複数の翻訳を比較するような研究もできる。また、ホームズがどのように翻訳されてきたかという歴史・書誌を研究する「ホームズ移入史」もある。

そういった研究を本の形にしたのが「研究書」である。それらを紹介していくことにしよう。

まずは「第1章　初めてのシャーロック・ホームズ」の「原作の多数ある邦訳からどれを選べばよいのか」の項でも紹介した、『詳注版　シャーロック・ホームズ全集』（ちくま文庫）。ベアリング゠グールドが注釈の形で、さまざまなホームズ研究の結果を正典に付け加えたもの。

続いては、やはり同じ項で紹介した河出書房新社版の『シャーロック・ホームズ全集』。オックスフォード版の注釈付き全集を翻訳したもの。

正典に登場する事物を事典の形で項目化し解説したジャック・トレイシー『シャーロック・ホームズ事典』も貴重な資料。かつてパシフィカから邦訳刊行されたが、後に河出書房新社から《シャーロック・ホームズ全集》の別巻のような形で新訳された際には『シャーロック・ホームズ大百科事典』と改題された。またそちらでは索引機能も付け加えられた。

そこまでディープなものを読む前に、簡単なガイド的な研究書が欲しい、という場合は、北原尚彦監修の『シャーロック・ホームズ完全解析読本』（宝島社）が便利である。正典60篇を図解入りで（ネタバレなしで）紹介しているほか、ビジュアルも多い。これは何回か改題して再刊されているが、今から入手するならば最終版の『完全解析読本』であろう。

『シャーロック・ホームズ大百科事典』

日本シャーロック・ホームズ・クラブ監修・執筆の『名探偵シャーロック・ホームズ事典』（くもん出版）も児童書として刊行されたものの、大人の鑑賞にも堪えうる入門書としてお勧めしておく。やはり正典60篇の解説のほか、時代背景やさまざまな研究テーマを紹介している。ビジュアルも多い。

欧米の本格的な研究をまとめたものとしてはエドガー・W・スミス編『シャーロック・ホウムズ読本』が有用である。有名な論文だけでなく、詩やパスティーシュなども収録。シャーロッキアンによる多角的な文章の古典的・代表的アンソロジーとなっている。

J・E・ホルロイド編『シャーロック・ホームズ17の愉しみ』も、論文とパロディの両方を収録したアンソロジーで、E・W・スミスの本と併せ読んでおきたい。

海外の個人による研究書では、ヴィンセント・スターリット『シャーロック・ホームズの私生活』が古典でありかつ重要な一冊。邦訳はハードカバー版と文庫版が出ているが、内容に微妙な差異があるので注意。

英国のミステリ作家H・R・F・キーティングによる『シャーロック・ホームズ 世紀末とその生涯』は、正典を深く理解するために関連する時代背景を解説したもの。ミステリ作家でホームズ・パスティーシュの書き手でもあるジューン・トムスンによる『ホームズとワトスン 友情の研究』は、ホームズとワトスンの生涯を年代記的に描き出したもの。

アラン・アイルズ『シャーロック・ホームズ生誕100周年記念』はその名の通り、1987年のホームズ登場100周年記念で刊行されたもの。大判でイラストやホームズ映画のスチールなどを多数収録したビジュアル中心の本。

同様のビジュアル研究書としては、マーティン・ファイドー『シャーロック・ホームズの世界』がある。こちらは前掲書よりも社会背景などに深く踏み込んでいる。

深層心理的に追究したサミュエル・ローゼンバーグ『シャーロック・ホームズの死と復活』や、記号論的に研究したT・A・シービオク&J・ユミカー＝シービオク『シャーロック・ホームズの記号論』など、独特の切り口のものもあるが、初心者向きではないかもしれない。

日本シャーロック・ホームズ・クラブができてシャーロッキアン人口が増える以前、日本のシャーロッキアンと言えば大蔵省（現・財務省）官僚で経済学者の長沼弘毅だった。ミステリ関係の訳書や著書があり、その中に9冊のホームズ研究書があったのだ。後半へいくにつれ、どんどんマニアック度が増していく。一番目の『シャーロック・ホームズの知恵』が最も内容的にバランスが取れているのだが、古書としての入手難易度は9冊中最も高く、古書価も高い。

日本シャーロック・ホームズ・クラブを発足させた主宰者だった小林司と東山あかねにも多数の研究書がある。その中では『シャーロック・ホームズ解読百科』が一番役立つだろうか。小林が精神医学者だったことや、サミュエル・ローゼンバーグ『シャーロック・ホームズの死と復活』の影響を受けて後半はコナン・ドイルの深層心理研究になっており、主流のホームズ研究からはやや外れてしまう。

『シャーロック・ホームズへの旅』及びその続篇は、シャーロッキアンとしての旅日記を綴った楽しい読み物。図版も多い。ただし現在の聖地巡礼の参考書とするには、内容がやや古くなってしまったかもしれない。

小林・東山の編著では『名探偵読本1 シャーロック・ホームズ』があり、これがハンドブック的に非常に便利。後に大幅増補改訂されて、『優雅に楽しむ新シャーロック・ホームズ読本』として刊行されたが、使い勝手は元版のほうが断然良い。

構成・文が小林・東山、写真が植村正春の『写真集 シャーロック・ホームズの倫敦』はヴィクトリア時代のロンドンの写真と現代のロンドンの写真が収録され、ホームズの世界をイメージするのに役立つ（同様に写真を主体とした研究書ではチャールズ・ヴアイニー編著『シャーロック・ホームズの見たロンドン』がある)。

中川裕朗『ホームズは女だった』は、正典の真相をそれぞれのキャラクターが語るという形式のシャーロッキアーナで、抱腹絶倒。研究書よりもパロディやパスティーシュに分類したほうがいいかもしれない。

實吉達郎『シャーロック・ホームズの決め手』は、シャーロッキアンでもある動物学者による研究書。正典における動物の行動に関する問題点を早くから指摘していた書。

作者アーサー・コナン・ドイル自身についても興味を持ったら、伝記を読まねばならない。邦訳のある中では、ダニエル・スタシャワー『コナン・ドイル伝』が一番情報が新しい。その他コナン・ドイルの遺族の要請によって書かれたジョン・ディクスン・カー『コナン・ドイル』、コンパクトにまとめられたジュリアン・シモンズ『コナン・ドイル』、歴史的な価値のあるヘスキス・ピアソン『コナン・ドイル　シャーロック・ホームズの代理人』、コナン・ドイル自身の書いた自伝『わが思い出と冒険』などがある。

ダニエル・スタシャワー&ジョン・レレンバーグ&チャールズ・フォーリー編『コナン・ドイル書簡集』も、伝記と併せ読むのに貴重である。膨大な書簡をまとめたものなので読むのは大変かもしれないが、コナン・ドイルのリアルタイムの情報が伝わってく

『〈ホームズ〉から〈シャーロック〉へ』

る。

ロナルド・ピアソール『シャーロック・ホームズの生れた家』はコナン・ドイルを軸にしているが、時代背景の研究に重きを置いている。

近年の研究書では、マティアス・ボーストレム『〈ホームズ〉から〈シャーロック〉へ 偶像を作り出した人々の物語』が面白い。ホームズ正典ではなく〝ホームズという文化〟を研究したもので、ホームズの生誕と継続、拡散とその受容を追っている。最初のほうはホームズがいかにして世に出たかについてなのでコナン・ドイルの伝記ともなっているが、ホームズの舞台化・ラジオドラマ化・テレビドラマ化・映画化の経緯や、コナン・ドイルの死後に遺族がいかにして著作権を守ろうとしたか、一方でどのようにして二次創作が書き続けられたか、ホームズ研究団体がどう生まれたかなどが、太い大きな流れとして描き出されており、非常に興味深い。

分厚いため通読は大変かもしれないが、貴重な情報がぎっしりと詰まっている。

以上、パスティーシュ・パロディ・研究書とも、絶版書が含まれているので、新刊書店で手に入らない場合は、古書店や図書館などを利用していただきたい。

シャーロッキアン、そしてシャーロッキアン団体

シャーロック・ホームズに興味を持つようになれば、自分で本を読んだり映像を見たりするだけでなく、「ホームズについて話せる人」――シャーロッキアンと語り合いたくなるのが人情というものである。そんな方のために、世界各国にシャーロック・ホームズ研究団体・愛好団体が存在する。

我が国には「日本シャーロック・ホームズ・クラブ」がある。１９７７年に小林司・東山あかねによって設立された団体である。お堅い学会ではなく、文学の研究団体と、ファンクラブの中間ぐらいの内容である。熱心に研究発表をしている人もいれば、会報を読むだけの人もいる。会員の年齢も、未成年者から高齢者まで幅広い。

定期発行物としては、月刊の会報〈ベイカー街通信〉と、年刊の会誌〈ホームズの世界〉がある。

年に一度、春には東京で大会が開かれ、会員たちが集う。また夏か秋には地方大会も開催され、こちらはなるべく全国の各地方を巡って開催されるようになっている。また

毎月、東京では月例会も開かれている（大会の開催される月は除く）。

このような研究会としては、アクティヴなほうだろう。大会や月例会への出席や会誌への執筆も義務ではなく、あくまで自由参加。

NHKでグラナダ版ドラマ『シャーロック・ホームズの冒険』が放送されていた時期には加速度的に会員が増え、一時は1000人を超えたこともあったが、現在では700人ほど。

人と直接会わずにやりとりのできるさまざまなツールが発達した現在、自宅にいながらにして全国の（場合によっては世界中の）ホームズ好きと対話ができるようにこそなったが、やはり顔を合わせての話し合いは楽しいものである。

またクラブに入っていると、ホームズ関係の情報はもちろん、絶版の書籍などが入手しやすくなるという利点もある。

以前は入会時に論文を書かねばならないという条項があった（実はこれも研究書を一冊でも読んでいれば免除される、有名無実のものだった）が、現在はそれも削除され、会費さえ払えば誰でも入会できる。

ホームズ関係の書籍を執筆している作家や、正典を翻訳している翻訳家に直接会って話が聞けるのも大きなメリットだろう。

シャーロッキアンの集まりというだけで「こわい」「敷居が高い」と思われがちだが、決してそのようなことはない。

シャーロッキアンの集う団体として歴史上最初に結成されたのは、アメリカの「ベイカー・ストリート・イレギュラーズ」（略称ＢＳＩ）である。もっとも権威あるシャーロッキアン団体で、１９３４年に熱心なシャーロッキアンのクリストファー・モーリーが中心になって設立された。会の名前は、もちろん正典に登場する「ベイカー街イレギュラーズ」から。会誌〈ベイカー・ストリート・ジャーナル〉を発行。

こちらは何らかのホームズ研究をするなどの功績がなければ入会できないほか、会員が増えすぎないようにしているため、誰でも会員になれるというわけではない。ＢＳＩへの入会を夢見ているシャーロッキアンが世界中にいる。

これまで、名だたるシャーロッキアンたちがＢＳＩに名を連ねてきたが、中には有名人もいた。ミステリ作家レックス・スタウトやアンソニー・バウチャー、ＳＦ作家アイザック・アシモフから、フランクリン・ルーズベルト大統領、ハリー・トルーマン大統領といった政治家の特別会員まで。古い時代に結成されたため、かつては「女人禁制」

で女性会員は認められなかったが、現在では女性も入会できるようになっている。日本人の会員もいる。最初に会員になったのは長沼弘毅。その後、田中喜芳を皮切りに、植田弘隆・小林司・東山あかね・日暮雅通などがメンバーとなった。

シャーロック・ホームズの誕生日を1月6日であるとしたのもBSIのメンバーで、毎年1月6日に近い週末にニューヨークで集会を開いている。

この会の設立やメンバーについては、本章「より深く知るための〝研究書〟」の項で紹介したマティアス・ボーストレム『〈ホームズ〉から〈シャーロック〉へ 偶像を作り出した人々の物語』に詳しい。

あまりにも有名すぎて、この会自体が登場する推理小説も書かれている。

ホームズのご当地、ロンドンにもシャーロッキアン団体は存在する。「ロンドン・シャーロック・ホームズ協会（シャーロック・ホームズ・ソサエティ・オブ・ロンドン）」である。これはBSIに次いで世界的に有名なシャーロッキアン団体だと言ってよいだろう。会誌〈シャーロック・ホームズ・ジャーナル〉を発行。

1951年、ロンドンで開催された「英国祭」の中で「シャーロック・ホームズ展」が行われ、この展覧会に携わったメンバーが中心になって結成された（実はこれ以前、

BSIと同時期に英国で結成されたシャーロッキアン団体があったが、そちらはいつの間にか空中分解してしまったのである)。

ご当地である有利さを生かしてロンドンでホームズ・ウォークを行ったり、(メンバーに有力者もいることから)英国議会内でディナーを開催したりしている。

メンバーがみなヴィクトリア時代の服装をしてスイス・ツアーを行い、ライヘンバッハの滝でホームズとモリアーティ教授の対決を再現したりしたこともある。

こちらはBSIと違い、会費さえ払えば誰でも(世界中のどこの国の人でも)会員となれるところは日本シャーロック・ホームズ・クラブと同様。

これら以外にも、カナダの「ザ・ブーツメイカー・オブ・トロント」など、世界各国にシャーロッキアン団体がある。それだけ、どこの国でもシャーロック・ホームズは人気なのである。

以上、本章では活字メディアにおけるホームズ世界の広がり、及びそれを楽しむシャーロッキアンについて述べた。最終章となる次章では、メディアを超えたさらなる作品の広がり、多様化を紹介しよう。

第7章　メディアミックス、そして未来へ

映画&ドラマ

シャーロック・ホームズの人気の基本は、もちろん正典にある。だがその人気が維持された環境は、正典だけでは語りつくせない。活字メディアから、ほかのメディアへと発展していったことにより、ホームズ人気はより拡散していったのだ。

それはコナン・ドイルが生きていた時代、まだ正典を書き続けていた時代から始まっていた。まずはシャーロック・ホームズの舞台化。生身の俳優がホームズを演じたことにより、世間一般にとって、よりホームズをイメージしやすくなったのである。その最初の功績者は、舞台俳優ウィリアム・ジレット。彼がコナン・ドイルとの合作で戯曲

『シャーロック・ホームズ』を書き、自らがホームズを演じたことは「第4章「正典」紹介」中の「経外典（アポクリファ）」の項で述べた通り。

そしてやがて、ホームズは映画に登場し、ラジオドラマとして放送され、TVドラマとして放映され……と、多くのメディアに拡がっていったのである。

映画では、1930年代末から1940年代にかけて、ベイジル・ラスボーンが主演のシャーロック・ホームズ物が15本も製作された。その際のワトスンは、ナイジェル・ブルースが演じた。

ウィリアム・ジレット（1900年の公演ポスター）

最初は1939年の『バスカヴィル家の犬』、その次の『シャーロック・ホームズの冒険』（1939）までが20世紀フォックス製作で、『シャーロック・ホームズと恐怖の声』（1942）から『シャーロック・ホームズの殺しのドレス』（1946）まではユニバーサル・スタジオ製作。同時期に、ラスボーン＆

ブルースのコンビでラジオドラマも放送された。最初にホームズのイメージを実像として広めたのがウィリアム・ジレットだとするなら、それをさらに一般化したのがベイジル・ラスボーンだろう。

ラスボーンのホームズ映画は幸いにして、現在では我が国でもＤＶＤで簡単に観ることができるようになった。

ＴＶドラマでは、ロナルド・ハワード主演による『名探偵シャーロック・ホームズ』シリーズがアメリカで１９５４年から５５年にかけて39話も放送され、シャーロック・ホームズの存在をアピールし続けた。

１９５９年にはホラー映画で知られるハマー・フィルム・プロダクションが『バスカヴィル家の犬』を製作。ピーター・カッシングがホームズを演じ、ホラー映画のテイストではあるが歴史に残る作品となった。

１９６５年にはホームズ対切り裂きジャックを主題とした映画『A Study in Terror（恐怖の研究）』が製作された。ホームズ役はジョン・ネヴィル。

１９７０年には名監督ビリー・ワイルダーによって『シャーロック・ホームズの冒険』が製作された。ホームズ役はロバート・スティーブンス。この邦題ゆえに正典原作かと思われるかもしれないが、原題は『The Private Life of Sherlock Holmes』で、ストーリーはパスティーシュである。複数のエピソードからなる長尺の映画となる予定だったが、製作会社が難色を示し、結局公開時の長さに落ち着いた。

1975年には『新シャーロック・ホームズ／おかしな弟の大冒険』が公開された。これはホームズの弟を主人公にしたドタバタコメディ映画だが、とても楽しい作品に仕上がっている。弟の名前をシャーロック・ホームズの変名にちなんで「シガーソン」にするなど、正典への愛も見られる。

そして1976年にはニコラス・メイヤーのパスティーシュ長篇を原作とする映画『シャーロック・ホームズの素敵な挑戦』が公開。原作ともども大ヒットした。

1979年には『名探偵ホームズ／黒馬車の影』が公開。ホームズ対切り裂きジャック映画だが、『A Study in Terror』の二番煎じには終わらず、独自のストーリー展開を見せた。クリストファー・プラマーのホームズも、いい味を出していた。我が国では劇場未公開だったが、幸いにもビデオソフトの時代からＤＶＤまで、リリースが繰り返されている。

同年から1986年にかけて、ソ連時代のロシアではＴＶ映画として『シャーロック・ホームズとワトソン博士』シリーズが製作された。正典をベースにしており、エピソードをつなげたりはしているものの、原作イメージを守った物語となっている。

そして1984年からは、英国グラナダTV版ドラマシリーズ『シャーロック・ホームズの冒険』の放映が始まる。原点回帰を目指し、原

グラナダTV版『シャーロック・ホームズの冒険』資料集

作及びシドニー・パジットのイラストのイメージ通りに製作され、世界的に大ヒットした。主演のジェレミー・ブレットも、ホームズ役にぴったりだった。ワトスン役のデヴィッド・バークは、ラスボーンのホームズ映画においてナイジェル・ブルースが演じた「間抜けな引き立て役」ワトスンのイメージを払拭し、原作通りの「理知的で頼りになる相棒」としてのワトスンを確立した。残念ながら途中降板したが、二代目ワトスンとなったエドワード・ハードウィックも大いに健闘した。

この成功はプロデューサーのマイケル・コックスが〈ストランド・マガジン〉の合本でホームズに親しんでいたため、原作イメージに徹底的にこだわったおかげである。彼

は『ベイカー街ファイル〜シャーロック・ホームズとワトスンの外観・習慣へのガイド』という冊子を作り、スタッフや俳優に指針として配布したのである。

ヒットを受けて本作は数シーズンに亘って製作が続いたが、徐々に当初のクオリティを保っているとは言い難いエピソードも見られるようになった。これは映像向けの原作が段々なくなってきたことや、ブレットの健康状態が悪くなったこと、製作費用が不足してきたこと、俳優のスケジュールが合わない場合があったこと、長篇版も作られ原作を大いに脚色しなければならなかったことなど、複数の原因によるものだった。

それでも1994年までに41エピソードが製作・放映された。だが1995年にジェレミー・ブレットが死去し、シリーズは完全終結することとなったのである。

1984年、日本ではTVアニメ『名探偵ホームズ』が放映された。これはイタリアと共同で製作されたもので、キャラクターが犬になっている。イタリアの会社とのやりとりに起因するゴタゴタで一度はお蔵入りしかけたが、最初は2話分が劇場公開（『風の谷のナウシカ』と同時上映）され、続いてTVでもシリーズ放映された。宮崎駿も、一部エピソードに関わっている。

このアニメ、及びグラナダ版『シャーロック・ホームズの冒険』吹き替え版が放映されたことが、日本でのホームズ認知度を高め、シャーロッキアン人口を一気に増やすこととなった。当時、日本シャーロック・ホームズ・クラブの会員が加速度的に増加したことが、それを如実に証明している。

1985年には、スティーヴン・スピルバーグ製作総指揮で『ヤング・シャーロック ピラミッドの謎』が劇場公開されたことも、それを後押しした。これは学生時代にホームズとワトスンが出会い、怪奇な事件の謎を解く、という趣向。《インディ・ジョーンズ》シリーズを子ども向けにしたという雰囲気もあったが、特撮技術がふんだんに用いられ、大いにヒットした。

1994年にグラナダ版『シャーロック・ホームズの冒険』が完結して以降、映画やドラマでホームズ物はしばしば製作されたが、それほど大きなヒット作はなかった。そして21世紀に入り、2009年に大きく流れを変える映画が公開された。ガイ・リッチー監督『シャーロック・ホームズ』である。

ロバート・ダウニー・Jr.がシャーロック・ホームズを、ジュード・ロウがワトスンを演じた。原作のホームズがボクシングや杖術《じょうじゅつ》、日本の「バリツ」などの格闘技を会得していたという記述に着目し、頭脳派であるだけでなく肉体的武闘派でもあるという新たなホームズ像を描き出したのである。

公開前、キャストが発表された段階では「ホームズ役とワトスン役が逆ではないか」などと言われていたが、実際に観てみれば見事なホームズ&ワトスンとなっていたのである。ちなみにジュード・ロウは、若い頃にグラナダ版『シャーロック・ホームズの冒険』の「ショスコム荘」に、脇役として出演していたという因縁がある。

アイリーン・アドラーなども登場したが、ストーリーは完全にオリジナル。カルト集団のリーダーであるブラックウッド卿の悪辣《あくらつ》な犯罪計画に、ホームズ&ワトスンが戦いを挑むという趣向である。

世界的に大ヒットし、2011年には続篇『シャーロック・ホームズ　シャドウ　ゲーム』が製作・公開された。今回の敵は、いよいよモリアーティ教授。その分、前作よりも正典要素が多いが、それでも全体としてのストーリーはオリジナル。意外な格好のマイクロフト・ホームズも登場。アクション・シーンは前作より5割増、という印象である。

これまた大ヒットし、第3作の構想もあるのだが、ダウニー・Jr.がマーベル映画でアイアンマン＝トニー・スターク役を射止めて多忙になるなどし、未だに製作されていない。2021年に第3作が公開予定とアナウンスされているが、どうなるかは不明。

そしてこの『シャーロック・ホームズ』と並び、21世紀におけるホームズ・ブームを決定づける作品が2010年にスタートする。それがBBCドラマ『SHERLOCK／シャーロック』である。

BBC『SHERLOCK／シャーロック』の功績

この項では、やや私的な感想も取り混ぜさせていただくことをお断りしておく。2010年にBBCで放映された『シャーロック』が、シャーロック・ホームズの舞台を現代に置き換えた新たなドラマ、という情報は早々に伝わってきていた。だがそれを聞いて、いささかゲテ物的、キワ物的な作品だろう、と想像していた。

2011年、いよいよ我が国での放送がスタート。第1シーズン第1話は「ピンク色の研究」。これが『緋色の研究』のもじりであることは、ちょっとホームズを知っている人ならすぐに気づく。だがドラマの早い段階で、シャーロッキアンにだけわかるように、語られざる事件「傘を取りに行ったまま失踪したジェイムズ・フィリモア」の要素を突きつけられた。

この段階で「これは何だ？」と背筋がぞくぞくし、あとは一気《いっき》呵成《かせい》だった。タイムトラベルでもなく、ホームズの子孫でもなく、あくまで「シャーロック・ホームズが現代人だったら？」という、これまで盲点だった設定。エキセントリックなシャーロック・ホームズが実際に同居人だったら凄くわずらわしいだろうし、当時の最先端の科学を犯罪捜査に利用していたホームズなら現代ではインターネットやスマートフォンなどを使いこなしていたはずだ。そういった端々まで、感心させられた。ジョン（ワトソン）がアフガニスタンに従軍して帰国した軍医であることは全く原作の通りだし、シャーロックが聖バーソロミュー病院で死体を叩いているシーン、そしてジョンがアフガン帰りであることを指摘する『緋色の研究』そのままのシーンには、感動すら覚えた。

『SHERLOCK／シャーロック』シーズン1「ピンク色の研究」ノベライズ

　スタイリッシュな映像描写も、音楽の使い方も、見事だった。決して美男子ではないが独特かつ魅力的な顔立ちのベネディクト・カンバーバッチのシャーロックと、マーティン・フリーマンのジョン。このふたりの関係性には、世界中のバディ好き、特に女性が熱狂することになる。

だがこの作品の成功の大元は、製作総指揮のスティーヴン・モファットとマーク・ゲイティスが、大のホームズ好きだったことにある。ふたりは、正典だけでなくさまざまなホームズ映画やドラマに通暁《つうぎょう》していたのだ。ゲイティスは俳優でもあり、本シリーズではマイクロフト・ホームズという重要な役割を演じた。

アメリカの連続ドラマのようにエピソードをひたすら重ねることはせず、1シーズンは3話。その代わり1話が90分あり、ボリュームも密度も短めの映画ほどである。

第2話「死を呼ぶ暗号」は、核となるはっきりした原作はないが、暗号が被害者を脅かすところは「踊る人形」、アジアからの事物が脅威をもたらすところは『四つの署名』……というように、複数の正典から要素を用いている。（ファンの間では）第1シーズン中で評価が一番低いが、それはあくまで傑作エピソード揃いのシリーズであるがゆえの宿命であり、凡百のサスペンスドラマに比べれば充分に面白い作品である。

第3話は「大いなるゲーム」。ベイカー街での爆発というショッキングな出来事に始まり、兄マイクロフトが持ち込む事件は「ブルース・パーティントン型設計書」がベース。しかし本作で、早くも宿敵モリアーティが登場するのだ。そして衝撃的なラストは、視聴者のシーズン２への期待を大きく膨らませる。

シーズン２は２年後の２０１２年放映。第1話「ベルグレービアの醜聞」は、正典「ボヘミアの醜聞」がベース。原作ではオペラ歌手だったアイリーン・アドラーが、SMの女王様として登場。

第2話「バスカヴィルの犬《ハウンド》」は、もちろん『バスカヴィル家の犬』が原作。かつて巨大な魔犬に父を殺されるところを目撃したヘンリーの依頼を受けて、ダートムアへ向かうシャーロックとジョン。そこにあるのが科学生物兵器研究施設〝バスカヴィル〟というところが、現代風である。

『SHERLOCK／シャーロック』シーズン２「バスカヴィルの犬」ノベライズ

第3話「ライヘンバッハ・ヒーロー」は、モリアーティとの最大の決戦が描かれる。タイトルはもちろん、正典「最後の事件」の舞台となったライヘンバッハの滝からである。

２０１３年末には、短いクリスマス・エ

ピソード「幸せな人生を」が発表された。通常のテレビ放映ではなく、2013年末からネットでの配信という特殊な公開である（その後、ソフトの特典などには収録された）。これは第3シーズンの前日譚という位置づけで、『シャーロック』の帰還を大いに盛り上げた。

第3シーズンは2014年の放映。第1話「空の霊柩車《から》」は、正典「空き家の冒険」を原作としており、シャーロックの復活が描かれた。事件としては経外典「消えた臨時列車」のネタを持ってきており、またしてもモファット&ゲイティスのシャーロッキアンぶりが発揮された。

第2話「三の兆候」は正典『四つの署名』がベース。ジョンが結婚することになり、式の直前から結婚式までが描かれるのだが、この式の最中に事件が発生してしまうのである。シャーロックが式でスピーチをしながら推理を繰り広げる。パブのハシゴをして酔っ払うシャーロックなど、ユーモラスな要素もたっぷり。

第3話「最後の誓い」は、正典「最後の挨拶」の位置づけとなっているが、敵は「恐喝王ミルヴァートン」のチャールズ・オーガスタス・ミルヴァートンに相当するチャールズ・アウグストゥス・マグヌセン。第1シーズン第3話同様、ものすごいところでラストを迎える。

２０１６年１月には、クリスマス・スペシャル・エピソード『忌まわしき花嫁』が製作・放映された。これは世界各国で劇場公開もされている。現代を舞台にしたのが特徴だった『シャーロック』のヴィクトリアン版であるという事前の情報で、ファンはさまざまに憶測を巡らしたが、ふたをあけてみればシーズン３と４をつなぐシーズン３・５とでも呼ぶべきエピソードだった。ベースは「マスグレイヴ家の儀式書」で事件名だけ触れられる語られざる事件「内反足のリコレッティとその憎むべき細君の事件」であるが、「オレンジの種五つ」などの要素も取り込まれている。

『SHERLOCK／シャーロック』シーズン３「三の兆候」ノベライズ

『忌まわしき花嫁』放映時のTV情報誌

第4シーズンは2017年の放映。第1話「六つのサッチャー」は正典「六つのナポレオン像」を原作としている。ナポレオン像の代わりに、サッチャー像が割られるのである。

第2話「臥せる探偵」は正典「瀕死の探偵」がベース。原作と同じ相手が敵となる。

そして第3話「最後の問題」。原タイトルは「最後の事件（The Final Problem）」そのまま。「マスグレイヴ家の儀式書」などの要素も用いられる。ちらちらと名前が出ていた「シェリンフォード」の正体が遂に明かされ、シャーロックとジョンはマイクロフトと共に敵地へ乗り込む。そしてモリアーティとの対決の真相、さらにはシャーロックの過去が明かされる。

このシーズン4で、ストーリーは区切りの良いところで終わっているが、シリーズ完結宣言はなされていない。新作の予定は発表されていないけれども、今後製作される可能性は一応残している。数年に一度、クリスマス・スペシャルの形で構わないので、不定期にでも継続して欲しいものである。

さて、話は一旦戻って。『シャーロック』は放送が始まるや、世界中で話題となり、爆発的に人気が高まった。カンバーバッチとフリーマンは、一躍大スターとなった。2

012年12月、カンバーバッチが初来日した際には、情報をキャッチしたファンが大挙して成田空港に押しかけ、熱烈に出迎えた。〈ミステリマガジン〉を皮切りに、〈スクリーン〉や〈MOVIE STAR　ムービー・スター〉などの映画雑誌や、〈イングリッシュジャーナル〉といった語学雑誌の表紙を『シャーロック』が、カンバーバッチ&フリーマンが飾った。〈イングリッシュジャーナル〉は、一冊まるごと『シャーロック』な増刊号『英語でシャーロック！』まで刊行した。

——こんなことは、『シャーロック』以前のホームズ映像化では起こらなかった現象である。

派生作品も生まれている。日本のマンガ家 Jay. によってコミカライズされた作品は、後に英和対訳版が刊行され、さらにはアメコミとしても出版され、世界各国で広く読まれている。

また北原尚彦『ジョン、全裸連盟へ行く』は、BBC『シャーロック』をベースにした現代版パスティーシュである。

同人誌レベルでは、どれだけの二次創作がなされたかはとてもカウントできない。

21世紀に大いなるシャーロック・ホームズ・ブームが巻き起こった第一の功績者は、この『シャーロック』なのだ。ガイ・リッチー監督映画『シャーロック・ホームズ』が同時期に公開されたのも大きく、このふたつは両輪となってホームズ・ブームを牽引し続けたのである。

『シャーロック』は、直接間接に映像の世界にも多大な影響を与えた。

アメリカではドラマ『エレメンタリー　ホームズ&ワトソンin NY』が製作・放映された。これはワトスンを女性にしているところが特徴的だが、ホームズ&ワトスンを現代人に設定したところがBBC『シャーロック』を踏襲しているのは、誰が見ても明らかだ。

日本ではｈｕｌｕドラマ『ミス・シャーロック』が、やはり現代版ホームズ&ワトスンのドラマだった。

また2019年にはフジテレビが『シャーロック　アントールドストーリーズ』を月曜夜9時の連続ドラマ（通称「月9」）で放送した。

これらはみな、BBC『シャーロック』があったからこそ生まれたと言って過言ではあるまい。またその他にも、ホームズをモチーフにしていなくても、『シャーロック』

における映像表現（探偵の視点で、見抜いた事実・推理を文字で表示するなど）は広く用いられるようになり、それらも『シャーロック』の影響によるものだ。

いま本書を読んでいる読者の中にも、入り口は『シャーロック』だった、という方は確実にいるだろう。「シャーロック・ホームズという文化」の歴史において、『シャーロック』はそれほど重要な存在となったのだ。

新作製作が（一旦）終了したとはいえ、ソフトがボックスで発売され、衛星放送やケーブルテレビで放送が繰り返され、ネットでは配信が続けられている。『シャーロック』は、落ち着きこそ見せたものの、未だに新たなファンを生み続けているのである。

マンガの世界のホームズ

シャーロック・ホームズはコミック（マンガ）の世界においても広まっている。古くから英語圏の新聞連載のコミックになったり、いわゆるリーフ（冊子）のアメコミ（アメリカン・コミックス）になったりしている。これらは活字メディア・映像メディアと同様に、正典を脚色したものもあれば、オリジナルなストーリーのパロディ／パスティーシュもある。英語圏だけでなく、ヨーロッパのコミックＢＤ（バンド・デシネ）も同様である。これらのごく一部は我が国でも翻訳出版されているが、本項では我が国の「マンガ」におけるホームズの動向を紹介しておこう。基本的に単行本化されたパロディ／パスティーシュを取り上げる。

『シャーヤッコ・ホームズ』

ホームズのパロディ・マンガとして広く認知されたのは、『シャーヤッコ・ホームズ』（１９７５～７９発表）が嚆矢だろう。なにせ作者が永井豪なのだ。永井豪は『デビルマン』や『マジンガーＺ』のような壮大なＳＦマンガだけでなくギャグマンガも得意としており、『シャーヤッコ・ホームズ』もそのひとつ。永井豪は自分をモデルにした「冷奴」というキャラクターを自作によく登場させるが、「シャーヤッコ」はそのキャラクターによるホームズもどきなのだ。相棒は「助手ワトソン」ならぬ「女子ワトソン」。男装しているが可愛い女の子である。

シャーロック・ホームズも存在する世界観で、本家名探偵が引き受けないようなくだらない事件を、ごみ箱を漁るなどして引き受ける。そのため、依頼人はシャーロック・

ホームズに依頼したつもりだったりする。『ハレンチ学園』の作者ゆえ、途中まではどの事件も全裸殺人事件ばかりだった。またターザンが登場したりポワロが登場したりと、別なフィクションとのクロスオーバーも多いのも、『けっこう仮面』の作者ならでは。単行本化されたことはあるが、未収録作が複数存在するのが残念。完全版の刊行が望まれる。

1980年代の代表は速星七生『ナナオの症候群（名探偵テームズ）』（1982～84）。現代英国でテームズという男が探偵業を始めるにあたり、医者のワトソンを無理やり相棒にする。だがテームズはどこか抜けており、謎を解明するのはワトソン……というパターンの連作集。E・D・ホックのミステリに通じるテイストもあり非常に面白い。

『ナナオの症候群』

1990年代には、少女マンガ誌において酒井美詠子『少年はその時群青の風を見たか？』が発表される。またエロマンガのジャンルでは後藤寿庵『シャーリィ・ホームズ』（1994）、山咲梅太郎『蒸気王神話伝説

Ladyワトソン』（1996）が、BLのジャンルでも四谷シモーヌ『世紀末探偵倶楽部』（1994）が発表され、マンガの世界の中でも広がりを見せる。

そして21世紀。久保田眞二『ホームズ』（集英社／2001〜02）、もとなおこ『Dearホームズ』（2006〜07）、花小路ゆみ画・鍋島雅治原作の『名探偵マダム・ホームズ』（2005〜06）などなど、ホームズのマンガが徐々に増え始める。

ホームズの姪である少女クリスティが主人公の『クリスティ・ハイテンション』（2006〜11）は、人気マンガ家・新谷かおるの作ということでも話題になった。前半は正典をひねったもの、後半は語られざる事件を作品化したものとなっている。完結後も続篇『クリスティ・ロンドンマッシブ』（2011〜17）が発表された。クリスティが成長し17歳のレディとなっている。前半が語られざる事件、後半がオリジナルの事件である。両者を合わせてのべ10年を超える長期連載作品となった。

シャーロック・ホームズやホームズもどきだけでなく、シャーロッキアンまでマンガに描かれるようになる。さいとう・たかを『ゴルゴ13』SPコミックス版131巻（2004）収録の表題作「シャーロッキアン」は、シャーロッキアン団体「ベイカー・ストリート・イレギュラーズ」が登場するのみならず、ライヘンバッハの滝や「まだらの紐」の原稿をからめたストーリーとなっていた。

池田邦彦『シャーロッキアン！』（2010〜13）は、題名そのままにシャーロッキアンが主人公。女子大生でホームズ・ファンの原田愛里《はらだあいり》が、ディープなシャーロッキアンで大学教授の車《くるま》路久《みちひさ》と出会い、ホームズの世界の深みにはまりつつ、ふたりで謎を解くというストーリー。ふたりの名前はホームズとアイリーン・アドラーのもじりである。かなりマニアックなネタまで取り上げられた。

『クリスティ・ハイテンション』

ガイ・リッチー監督映画『シャーロック・ホームズ』が2010年に日本で公開され、BBCドラマ『SHERLOCK／シャーロック』が2011年から日本で放送されて、どちらも大ヒットして以降、我が国のマンガの世界にも明らかに影響が見られるようになった。ホームズを材料にしたマンガが、爆発的に発表されていったのである。

ホームズが現代日本の犬に生まれ変わる『探偵犬シャードック』（安童夕馬原作・佐藤友生画／2011〜12）、ホームズが引きこもりでニートの日本人である『ほぼ在宅探偵ホームズ』（青色イリコ／２０１２～１４）、ホームズが異様な能力の持ち主である『倫敦影奇譚シャーロック・ホームズ』（安宅十也／２０１５）、死んだワトソンが恐竜の骨になって帰ってくる『ほねほね探偵ホームズ』（鳴希りお／２０１５）、ホームズがベースなスチームパンクＳＦ『ガンロック』（猪原賽原作・横島一画／２０１５）、ぬいぐるみ好きホームズ＆筋トレ好きワトソンの『ホームズ　みーつルパン』（捺ナツカ／２０１５）、白木《しらき》焔《ほむら》と渡瀬《わたせ》蒼《そう》が謎を解く『ワトソンの陰謀　～シャーロック・ホームズ異聞～』（秋乃茉莉／２０１５～１６）、女子高生がホームズ＆ワトソンになりきる『ホームズさんは推理ができない』（沼地どろまる／２０１７）、ホームズがオーク（ファンタジーに登場するモンスター的な種族）の『オーク探偵オーロック』（円居挽原作・碓井ツカサ画／２０１７）、ホームズが未来のアンドロイドである『I AM SHERLOCK』（高田康太郎画・伊緒直道脚本／２０１７～１８）などなど、枚挙にいとまがない。

それらの中で頭ひとつ抜け出し、現在進行形で発表され続けているのが『憂国のモリアーティ』（コナン・ドイル原案・竹内良輔構成・三好輝画／２０１６～２０連載中）である。若きモリアーティ三兄弟が英国社会の現状を憂い、犯罪によって彼らの信念を貫き通していく物語。仲間としてセバスチャン・モランらも登場。当然ながらシャーロック・ホームズは彼らに敵対するが、その位置関係もうまく考えられている。正典の要素を取り込みつつもオリジナルに展開し、途中からは００７要素まで用いられる。本作は大人気となり、多メディア展開も行われた。小説化、ミュージカル化、（ミュージカルでない）演劇化と続き、アニメ化も進行している最中である。コミックそのものも多言語に翻訳され、諸外国で出版されているほどだ。

　モリアーティの名を冠したマンガが描かれたというだけでなく、それが大ヒットしているというのは、古いシャーロッキアンから見ると物凄い変化だ。

『憂国のモリアーティ』

　これらのほかにも、ホームズやワトスンが登場する小説やゲームのコミカライズもあり、百花繚乱とも言うべき現状である。

ボードゲーム、ＰＣゲーム、ソーシャルゲーム

　シャーロック・ホームズは推理をし、犯人を追うキャラクターである。そのため、ゲームのキャラクターとしても用いられやすい。ここではホームズが主人公のゲーム、もしくはホームズが登場するゲームを紹介しよう。ただしゲームの場合、出版物よりも網羅やチェックが難しいため、あくまで筆者の目についたものということで、少々偏っている可能性があることをあらかじめお断りしておく。

1970年代頃までは、ホームズのゲームというと輸入物に頼らざるを得なかった。そんな状況が変わったのは、1980年代である。

まずは1980年代半ば、エポック社から『名探偵ホームズゲーム』が発売されたのである。アニメ『名探偵ホームズ』のキャラクターや設定を用い、ボード・カード・コマによって盤上を移動しつつ推理をするゲームである。1988年には同社から概ね同システムの『名探偵ホームズ　ロンドン大追跡ゲーム』が発売。

また1980年代には、「ゲームブック」（プレーヤーの判断やサイコロの出目によりストーリーが分岐していく小説）の大ブームが発生。ホームズのゲームブックも、ホビージャパン、学研、国土社などから出版された。

同時期に我が国で「捜査ファイル・ミステリー」（さまざまな証拠品が付属しているミステリー）のブームが起こったことを受け、1985年にゲイリー・グレイディ＆スーザン・ゴールドバーグ＆レイモンド・エドワーズ作の『シャーロック・ホームズ　10の怪事件』が二見書房から邦訳刊行された。これは付属している新聞や地図や住所録といった資料から情報を読み取り、事件を解決するというシステムのゲーム。これがヒットし、続篇『シャーロック・ホームズ　呪われた館』『シャーロック・ホームズ　死者からの手紙』も邦訳刊行された。さらには、『シャーロック・ホームズ　切り裂きジャック事件』という日本オリジナル作品まで作られた。

1980年代は、テーブルトークRPG（PCなどを使わず、サイコロやエンピツを用い、対話によって進めるロールプレイングゲーム）も我が国で流行り始めた時代だった。クトゥルフ物も導入され、その一環として『クトゥルフ・バイ・ガスライト』が1988年にホビージャパンより邦訳発売された。これはH・P・ラヴクラフトを始祖とするクトゥルフ（クトゥルー）神話の世界とホームズの世界を融合したもの。

さらには1983年に任天堂よりファミコン（ファミリーコンピュータ）が発売され、さまざまなゲームソフトが製作された中、トーワチキという玩具会社からホームズ物が複数リリースされた。第一弾は『シャーロック・ホームズ　伯爵令嬢誘拐事件』（1986）。しかしこれはホームズこそメインのキャラクターであるものの、英国の街並みを歩く人々（すべて犯罪者の変装という設定）をホームズが蹴り殺し、銃を手に入れてからは撃ち殺していくという衝撃的なゲームだった。難易度も非常に高く、ゲームマニアにもいわゆる「クソゲー」として知られる作品となった。同社からはさらに『名探偵ホームズ 霧のロンドン殺人事件』（1988）、『名探偵ホームズ Mからの挑戦状』（1989）も発売されたが、これらは普通の推理ゲームだった。

ホームズを使ったコンピュータゲームは進化し、さまざまなハード用にリリースされていった。アスキーのMSXシリーズ用の『ヤング・シャーロック～ドイルの遺産』（パック・イン・ビデオ／1987）は、映画『ヤング・シャーロック ピラミッドの謎』のスピンオフとして製作されたもの。

富士通のFM TOWNS及びPCエンジンのCD-ROM²というハード用として、ビクターから『シャーロック・ホームズの探偵講座』（1991）と『シャーロック・ホームズの探偵講座Ⅱ』（1993）が発売。これはムービー動画を用いたものとしては、先駆的なゲームだった。発生する事件は、先述した『シャーロック・ホームズ 10の怪事件』中のエピソードが使われている。

2010年にはプレイステーション・ポータブル用ソフト『探偵オペラ ミルキィホ

ームズ』がリリース。名探偵の子孫である少女探偵四人組がメインキャラクターで、一番の主役はシャーロック・シェリンフォード。ゲームだけでなく、アニメ・マンガ・声優アイルドルユニットと多角展開された。

２０１５年には、ニンテンドー３ＤＳ用のソフト『大逆転裁判――成歩堂龍ノ介の冒険――』（カプコン）が発売。これは法廷バトルのゲーム『逆転裁判』シリーズの主人公の先祖をメインキャラクターとして、19世紀末ロンドンを主な舞台とするもので、シャーロック・ホームズが準主役。２０１７年には続篇も発売された。

同じく２０１５年、スマホ用ソーシャルＲＰＧとして『Fate/Grand Order（フェイト・グランドオーダー）』が発売される。

ゲームコミカライズ『Fate/Grand Order – Epic of Remnant – 亜種特異点Ｉ 悪性隔絶魔境新宿 新宿幻霊事件』

これはＦａｔｅシリーズのひとつで、歴史上の人物を「英霊」として闘わせるなどするゲームだが、創作上の有名人としてシャーロック・ホームズも登場するようになった。また「新宿のアーチャー」というキャラも登場し、これが実はモリアーティ教授だったのである。このゲームは普及率が高く、ホームズとモリアーティの名を世間一般に広める役目を大いに果たした。

ウクライナのFrogwares社は2002年からPC用にシャーロック・ホームズのゲーム・シリーズをリリースしていたが、最新作の『シャーロック・ホームズ　悪魔の娘』（2016年）は日本版もPS4用に発売された。

すべてのゲームがデジタルになったわけではない。トレーディングカードゲームも流行し、ホームズや正典キャラクターたちがその中で用いられるようになったのである。1999年スタートの「アクエリアンエイジ」や2014年スタートの「WIXOSS（ウィクロス）」では、正典キャラクターが（後者では女性化されて）登場した。

これらのゲーム及びそのキャラクターに傾倒し、出典であるコナン・ドイルの正典に手を伸ばすという人も増えている。ホームズ好きに至る入り口は、さまざまな形で拡がり続けている。

インターネット・SNSでの情報収集・交流

1980年代後半から「パソコン通信」が普及し、通信回線につないだパソコンを介して人々はテキストで会話を交わし、情報交換をするようになった。その恩恵を受けたのはシャーロッキアンも例外ではなかった。

それがやがてインターネットとしてグローバル化した。これによって、利用者は国内各地はもちろん、世界中の人々と会話・交流できるようになったのである。

いまやフェイスブックやツイッター、インスタグラムといったＳＮＳを通じて、人々はいつでもホームズの話ができるのだ。

20世紀においては、ホームズについてのディープな話をしたければ、シャーロッキアン団体に入会して会合に顔を出すしかなかった。しかしネットのおかげで、自宅にいながらにしての交流ができるようになった。その気になれば（言語の問題をクリアすれば）海外のシャーロッキアンとのやりとりも可能だ（これからは翻訳ソフト・通訳ツールのレベルも向上していくだろう）。

その影響か、日本シャーロック・ホームズ・クラブでの会員数はピーク時から減少傾向にあったが、その後シャーロッキアンがＳＮＳなどで熱心に発信することにより、活動の様子もまた垣間見ることができるようになった。そのおかげか、リアルでの交流がまた求められるようになったのか、会員数は漸増の曲線を描いている。

テレビ会議によって、お互いに離れた場所にいる参加者が会合を開くことも可能になった。日本のシャーロッキアンの間でも、現在試行錯誤されつつある（これは2020年に、新型コロナウイルスによる影響で集まりを持てなくなったためでもある）。

交流だけではない。国際的な買い物も、インターネットの発達によって簡単になった。海外の古書販売サイトAbeBooksや、オークションサイトebay。ネットでのカード決済やPaypalのような国際送金システムの発達も、それを後押しした。このおかげで、たとえば海外版のシャーロック・ホームズのトレーディングカード一枚を、数百円で買うことすら可能になったのだ。

かつては、新刊洋書ならばまだ洋書店に注文して取り寄せることが可能だったが、古書に関しては海外の専門古書店からカタログを取り寄せ、それを注文するぐらいしか手段がなかった。届くまでには、船便だと数か月や半年かかるのも当たり前だった。海外送金も、手間がかかった。だがネットの発達により、特定の洋古書を世界中のネットの海から探し出すこともできるようになった。長年の探求書のタイトルを打ち込めば、それがどこの国のなんという古本屋に在庫があるか、瞬時に判明するのだ。受身だった洋古書蒐集が、能動的なアクションも可能となったのだ。

新刊洋書は、アマゾンを使うだけでもさまざまなものが簡単に入手できる。在庫があれば注文した翌日にでも、洋書が届く。なくても、１週間から数週間で取り寄せてくれる。かつてに比べると、夢のようである。

物理的なものだけではない。日本では公開されていないホームズ映画やドラマも、ネットによって観ることが可能となった。

とはいえ膨大な情報にアクセスできるようになったため、自分の求める情報を選別するのに労力が必要となったのも事実である。各人が各人なりの情報収集スキルを構築していくことによって、これは解決する。

シャーロック・ホームズという広範な情報の大海が、そこには広がっているのである。

あとがき

シャーロック・ホームズは小説としてこの世に登場し、それから百数十年の間にさまざまな形で広まっていきました。舞台劇、映画、ラジオドラマ、テレビドラマ……。近年では、ネット配信のために製作されたドラマまであります。

19世紀に生まれた古い作品が、どうしてこれほど人気を保ち続けているのでしょうか。わたしなりの分析では――シャーロック・ホームズが史上もっとも成功したキャラクター小説であり、バディ物であるからだと思います。もともと物語作りの天才であったコナン・ドイルがシャーロック・ホームズという宝石の鉱脈を掘り当て、最も輝く形に磨き上げ、世に送り出してくれたのです。原作が強固であるがゆえに、どのように改変されてもホームズはホームズであり続け、世の中のメディアの変遷に乗って普及し続けたのでしょう。

　わたしの場合、シャーロック・ホームズに出会ったのは小学生のときのこと。子ども向けに大幅に書き直されたポプラ社の《名探偵ホームズ》全集（文・山中峯太郎）の一冊『怪盗の宝』で、原作は『四つの署名』でした。中学生のときに大人向けの翻訳に出会い、たちまち魅了されました。しかし正典は9冊しかありません。それを全部読んでしまい、これでもう終わりか……と思っていたときに、コナン・ドイル以外の作家が書いたホームズ物――パスティーシュやパロディがあることに気づいたのです。さらには、研究書も。それらを追いかけているうちに、新たなホームズの本が出版されます。そうやって読み続けている限り、わたしの中でシャーロック・ホームズはいつまでも終わらないのです。ずっと楽しみ続けることができる――それが「ホームズという文化」の魅力です。

　わたしの趣味のひとつが「古本」であったことも幸いしました。古本屋へ行けば、既に絶版になっていたホームズ研究書や古い訳書と出会うことができたのです。

　わたしが初めてシャーロック・ホームズに触れた1970年代から2020年までの

間にも、相当な変化がありました。ホームズ・パロディやパスティーシュの単行本など、年に一冊でも出れば御の字だったのが、今では毎月のように（場合によっては月に何冊も）刊行されています。その分、絶版本が増えて入手困難本が出てくるのも事実ですが、所有にこだわらなければ図書館などで読むことができます（シャーロック・ホームズという沼にはまると、所有欲がくすぐられるというのもまた事実ですが……）。

今後も社会情勢や科学技術の変遷に従って、いろいろな形、さまざまな媒体でホームズは拡散し続けるに違いありません。そしてどれだけ環境が変わっても、テキストとしての正典は（紙であれ、違う媒体であれ）読まれ続けているはずです。もし正典が読まれなくなる時代が来るとしたら、それは小説自体が読まれなくなった時代しかあり得ません。

本書に記した「最新情報」も、いずれは過去の出来事となっていくでしょう。そのときには、「かつてはこのようなことがあった」という証言として、役に立てば幸いです。

それにしてもまさか中央公論新社の新書から、シャーロック・ホームズに関する本を書かせてもらえることになろうとは思いませんでした。このようなテーマで、とわたしをご指名くださった編集の胡逸高さんに感謝を。また日本シャーロック・ホームズ・クラブの明山一郎さんにはご協力をいただきました、ありがとうございます。

ともあれ、本書がこれからホームズを読む人には一助となり、正典を読み終えた人にはその後の指針とならんことを。

２０２０年10月

北原尚彦

「名馬シルヴァー・ブレイズ」1890年9月25日～9月30日
「緑柱石の宝冠」1890年12月19日～12月20日
「最後の事件」1891年4月24日～5月4日
「空き家の冒険」1894年4月5日
「金縁の鼻眼鏡」1894年11月14日～11月15日
「三人の学生」1895年4月5日～4月6日
「美しき自転車乗り」1895年4月13日～4月20日
「ブラック・ピーター」1895年7月3日～7月5日
「ノーウッドの建築業者」1895年8月20日～8月21日
「ブルース・パーティントン型設計書」1895年11月21日～11月23日
「ヴェールの下宿人」1896年10月某日
「サセックスの吸血鬼」1896年11月19日～11月21日
「スリー・クォーターの失踪」1896年12月8日～12月10日
「アビィ屋敷」1897年1月23日
「悪魔の足」1897年3月16日～3月20日
「踊る人形」1898年7月27日～8月10日、8月13日
「隠居した画材屋」1898年7月28日～7月30日
「恐喝王ミルヴァートン」1899年1月5日～1月14日
「六つのナポレオン像」1900年6月8日～6月10日
「ソア橋の難問」1900年10月4日～10月5日
「プライアリ・スクール」1901年5月16日～5月18日
「ショスコム荘」1902年5月6日～5月7日
「三人のガリデブ」1902年6月26日～6月27日
「レディ・フランシス・カーファクスの失踪」1902年7月1日～7月18日
「高名な依頼人」1902年9月3日～9月16日
「赤い輪団」1902年9月24日～9月25日
「白面の兵士」1903年1月7日～1月12日
「三破風館」1903年5月26日～5月27日
「マザリンの宝石」1903年夏
「這う男」1903年9月6日～9月14日、9月22日
「ライオンのたてがみ」1909年7月27日～8月3日
「最後の挨拶――シャーロック・ホームズのエピローグ――」1914年8月2日

発生事件一覧

●ウィリアム・S・ベアリング=グールド説による推定年月日

「グロリア・スコット号」1874年7月12日～8月4日、9月22日
「マスグレイヴ家の儀式書」1879年10月2日
『緋色の研究』1881年3月4日～3月7日
「まだらの紐」1883年4月6日
「入院患者」1886年10月6日～10月7日
「独身の貴族」1886年10月8日
「第二のしみ」1886年10月12日～10月15日
「ライゲイトの大地主」1887年4月14日～4月26日
「ボヘミアの醜聞《スキャンダル》」1887年5月20日～5月22日
「唇のねじれた男」1887年6月18日～6月19日
「オレンジの種五つ」1887年9月29日～9月30日
「花婿の正体」1887年10月18日～10月19日
「赤毛組合」1887年10月29日～10月30日
「瀕死の探偵」1887年11月19日
「青いガーネット」1887年12月27日
『恐怖の谷』1888年1月7日～1月8日
「黄色い顔」1888年4月7日
「ギリシャ語通訳」1888年9月12日
『四つの署名』1888年9月18日～9月21日
『バスカヴィル家の犬』1888年9月25日～10月20日
「ぶな屋敷」1889年4月5日～4月20日
「ボスコム谷の謎」1889年6月8日～6月9日
「株式仲買店員」1889年6月15日
「海軍条約文書」1889年7月30日～8月1日
「ボール箱」1889年8月31日～9月2日
「技師の親指」1889年9月7日～9月8日
「背中の曲がった男」1889年9月11日～9月12日
「ウィステリア荘」1890年3月24日～3月29日

「マザリンの宝石」The Adventure of the Mazarin Stone　1921年10月号／〈ハースツ・インターナショナル〉1921年11月号

「ソア橋の難問」The Problem of Thor Bridge　1922年2月号、3月号／〈ハースツ・インターナショナル〉1922年2月号、3月号

「這う男」The Adventure of the Creeping Man　1923年3月号／〈ハースツ・インターナショナル〉1923年3月号

「サセックスの吸血鬼」The Adventure of the Sussex Vampire　1924年1月号／〈ハースツ・インターナショナル〉1924年1月号

「三人のガリデブ」The Adventure of the Three Garridebs　1925年1月号／〈コリアーズ〉1925年10月25日号

「高名な依頼人」The Adventure of the Illustrious Client　1925年2月号、3月号／〈コリアーズ〉1924年11月8日号

「三破風館」The Adventure of the Three Gables　1926年10月号／〈リバティ〉1926年9月18日号

「白面の兵士」The Adventure of the Blanched Soldier　1926年11月号／〈リバティ〉1926年10月16日号

「ライオンのたてがみ」The Adventure of the Lion's Mane　1926年12月号／〈リバティ〉1926年11月27日号

「隠居した画材屋」The Adventure of the Retired Colourman　1927年1月号／〈リバティ〉1926年12月18日号

「ヴェールの下宿人」The Adventure of the Veiled Lodger　1927年2月号／〈リバティ〉1927年1月22日号

「ショスコム荘」The Adventure of Shoscombe Old Place　1927年4月号／〈リバティ〉1927年3月5日号

（243ページからご覧ください）

ーズ〉1904年4月30日号
「三人の学生」The Three Students　1904年6月号／〈コリアーズ〉1904年9月24日号
「金縁の鼻眼鏡」The Golden Pince-Nez　1904年7月号／〈コリアーズ〉1904年10月29日号
「スリー・クォーターの失踪」The Missing Three-Quarter　1904年8月号／〈コリアーズ〉1904年11月26日号
「アビィ屋敷」The Abbey Grange　1904年9月号／〈コリアーズ〉1904年12月31日号
「第二のしみ」The Second Stain　1904年12月号／〈ハーパーズ〉1905年1月28日号

『シャーロック・ホームズ最後の挨拶』His Last Bow　1917年
「ウィステリア荘」The Adventure of Wisteria Lodge　1908年9月号、10月号／〈コリアーズ〉1908年8月15日号
「ブルース・パーティントン型設計書」The Adventure of the Bruce-Partington Plans　1908年12月号／〈コリアーズ〉1908年12月12日号
「悪魔の足」The Adventure of the Devil's Foot　1910年12月号／〈ストランド〉米国版1911年1月号、2月号
「赤い輪団」The Adventure of the Red Circle　1911年3月号、4月号／〈ストランド〉米国版1911年4月号、5月号
「レディ・フランシス・カーファクスの失踪」The Disappearance of Lady Frances Carfax　1911年12月号／〈アメリカン〉1911年12月号
「瀕死の探偵」The Adventure of the Dying Detective　1913年12月号／〈コリアーズ〉1913年11月22日号
「最後の挨拶――シャーロック・ホームズのエピローグ――」His Last Bow: An Epilogue of Sherlock Holmes　1917年9月号／〈コリアーズ〉1917年9月22日号

『シャーロック・ホームズの事件簿』The Case-Book of Sherlock Holmes　1927年

『シャーロック・ホームズの回想』The Memoirs of Sherlock Holmes 1893年

「名馬シルヴァー・ブレイズ」Silver Blaze　1892年12月号

「ボール箱」The Cardboard Box　1893年1月号

「黄色い顔」The Yellow Face　1893年2月号

「株式仲買店員」The Stockbroker's Clerk　1893年3月号

「グロリア・スコット号」The Gloria Scott　1893年4月号

「マスグレイヴ家の儀式書」The Musgrave Ritual　1893年5月号

「ライゲイトの大地主」The Reigate Squire　1893年6月号

「背中の曲がった男」The Crooked Man　1893年7月号

「入院患者」The Resident Patient　1893年8月号

「ギリシャ語通訳」The Greek Interpreter　1893年9月号

「海軍条約文書」The Naval Treaty　1893年10月号、11月号

「最後の事件」The Final Problem　1893年12月号

『シャーロック・ホームズの生還』The Return of Sherlock Holmes 1905年

「空き家の冒険」The Empty House　1903年10月号／〈コリアーズ〉1903年9月26日号

「ノーウッドの建築業者」The Norwood Builder　1903年11月号／〈コリアーズ〉1903年10月31日号

「踊る人形」The Dancing Men　1903年12月号／〈コリアーズ〉1903年12月5日号

「美しき自転車乗り」The Solitary Cyclist　1904年1月号／〈コリアーズ〉1903年12月26日号

「プライアリ・スクール」The Priory School　1904年2月号／〈コリアーズ〉1904年1月30日号

「ブラック・ピーター」Black Peter　1904年3月号／〈コリアーズ〉1904年2月27日号

「恐喝王ミルヴァートン」Charles Augustus Milverton　1904年4月号／〈コリアーズ〉1904年3月26日号

「六つのナポレオン像」The Six Napoleons　1904年5月号／〈コリア

正典作品一覧

- 初出の特記なしは英国〈ストランド・マガジン〉。米国でも発表の場合は併記しました。
- 『シャーロック・ホームズの回想』『シャーロック・ホームズの生還』収録各篇の原題、初出時はいずれも冒頭に、“The Adventure of” が付きます。

【長篇】

『緋色の研究』A Study in Scarlet〈ビートンズ・クリスマス・アニュアル〉1887年

『四つの署名』The Sign of Four〈リピンコッツ・マガジン〉1890年2月号

『バスカヴィル家の犬』The Hound of the Baskervilles　1901年8月号〜1902年4月号

『恐怖の谷』The Valley of Fear　1914年9月号〜1915年9月号

【短篇集】

『シャーロック・ホームズの冒険』The Adventures of Sherlock Holmes　1892年

「ボヘミアの醜聞《スキャンダル》」A Scandal in Bohemia　1891年7月号

「赤毛組合」The Red-Headed League　1891年8月号

「花婿の正体」A Case of Identity　1891年9月号

「ボスコム谷の謎」The Boscombe Valley Mystery　1891年10月号

「オレンジの種五つ」The Five Orange Pips　1891年11月号

「唇のねじれた男」The Man with the Twisted Lip　1891年12月号

「青いガーネット」The Adventure of the Blue Carbuncle　1892年1月号

「まだらの紐」The Adventure of the Speckled Band　1892年2月号

「技師の親指」The Adventure of the Engineer's Thumb　1892年3月号

「独身の貴族」The Adventure of the Noble Bachelor　1892年4月号

「緑柱石の宝冠」The Adventure of the Beryl Coronet　1892年5月号

「ぶな屋敷」The Adventure of the Copper Beeches　1892年6月号

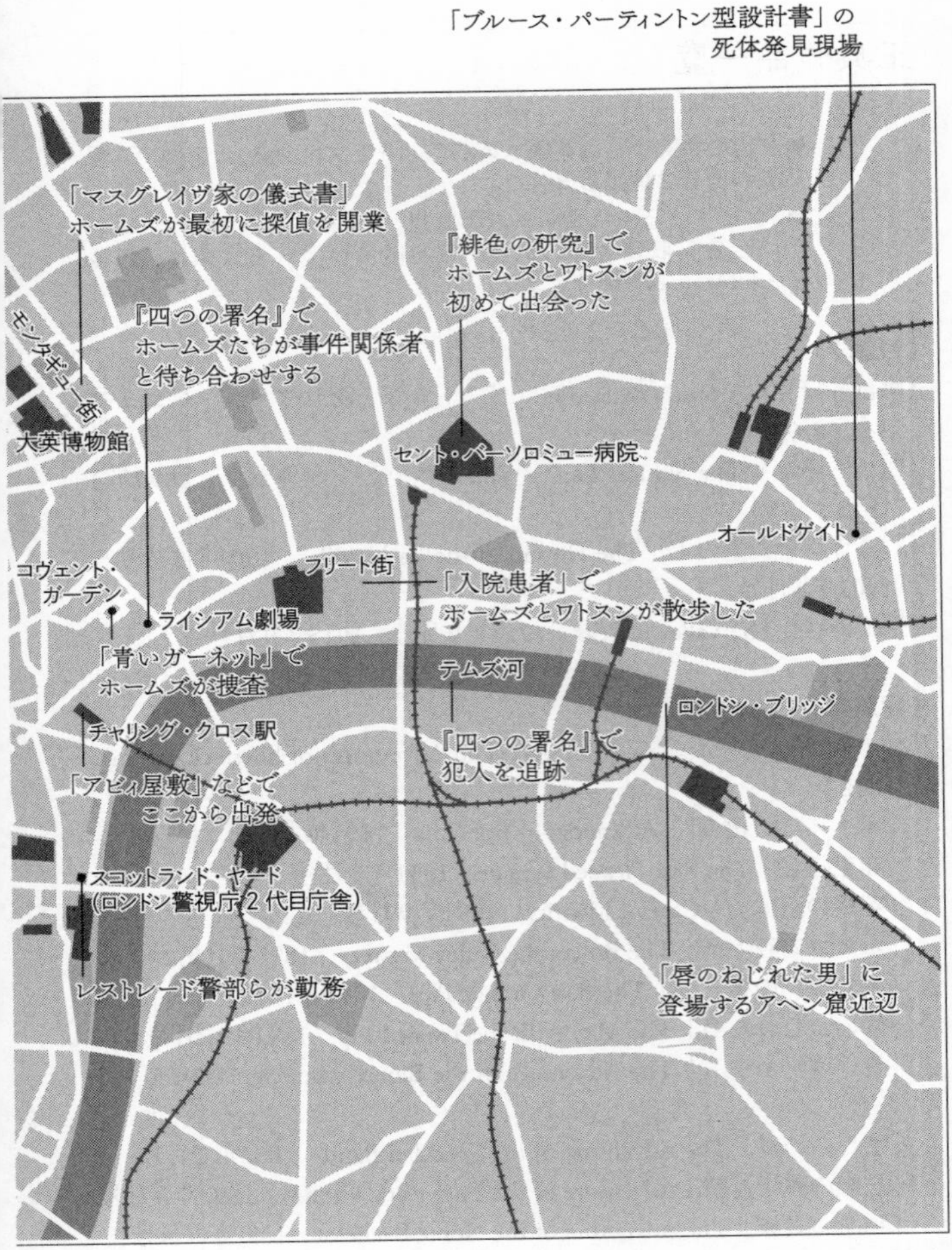

ホームズが生きたヴィクトリア時代のロンドン地図

参考：北原尚彦『シャーロック・ホームズ語辞典』(誠文堂新光社)

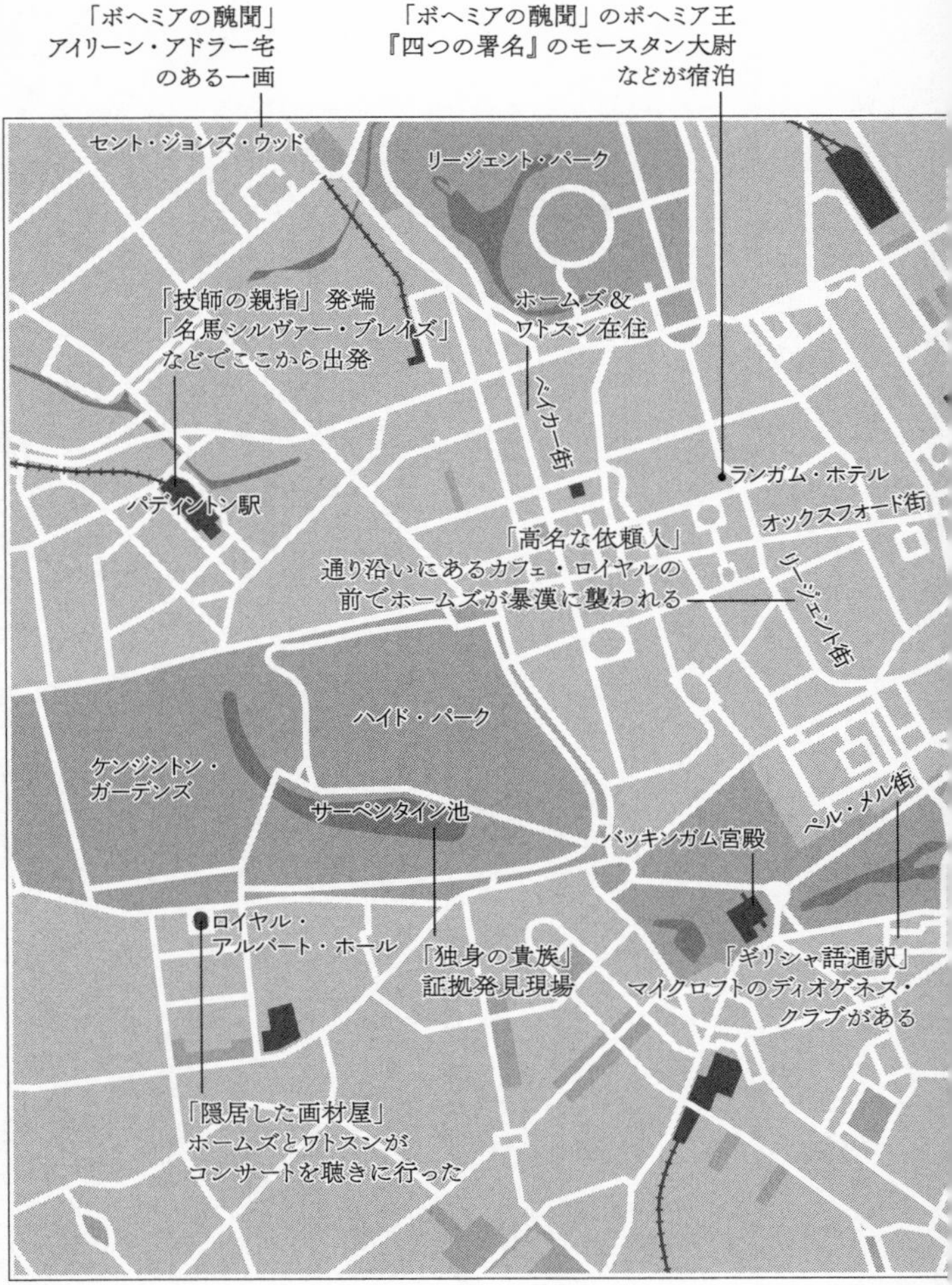
「ボヘミアの醜聞」
アイリーン・アドラー宅
のある一画
「ボヘミアの醜聞」のボヘミア王
『四つの署名』のモースタン大尉
などが宿泊
セント・ジョンズ・ウッド
リージェント・パーク
「技師の親指」発端
「名馬シルヴァー・ブレイズ」
などでここから出発
ホームズ＆
ワトスン在住
ベイカー街
パディントン駅
ランガム・ホテル
オックスフォード街
「高名な依頼人」
通り沿いにあるカフェ・ロイヤルの
前でホームズが暴漢に襲われる
リージェント街
ハイド・パーク
ケンジントン・
ガーデンズ
サーペンタイン池
バッキンガム宮殿
ペル・メル街
ロイヤル・
アルバート・ホール
「独身の貴族」
証拠発見現場
「ギリシャ語通訳」
マイクロフトのディオゲネス・
クラブがある
「隠居した画材屋」
ホームズとワトスンが
コンサートを聴きに行った

図表作成・本文ＤＴＰ／市川真樹子

ラクレとは…la clef=フランス語で「鍵」の意味です。
情報が氾濫するいま、時代を読み解き指針を示す
「知識の鍵」を提供します。

中公新書ラクレ
706

初《しょ》歩《ほ》からのシャーロック・ホームズ

2020年11月10日初版
2020年11月30日再版

著者……北原尚彦《きたはらなおひこ》

発行者……松田陽三
発行所……中央公論新社
〒100-8152 東京都千代田区大手町1-7-1
電話……販売 03-5299-1730　編集 03-5299-1870
URL http://www.chuko.co.jp/

本文印刷……三晃印刷
カバー印刷……大熊整美堂
製本……小泉製本

Published by CHUOKORON-SHINSHA, INC.
Printed in Japan　ISBN978-4-12-150706-8　C1298

中公新書ラクレ　好評既刊

L601
ひとまず、信じない
――情報氾濫時代の生き方

押井　守 著

世界が認める巨匠がおくる幸福論の神髄。ネットが隆盛し、フェイクニュースが世界を覆う時代、何が虚構で何が真実か、その境界線は曖昧である。こういう時代だからこそ、所与の情報をひとまず信じずに、自らの頭で考えることの重要さを著者は説く。幸せになるために成すべきこと、社会の中でポジションを得て生き抜く方法、現代日本が抱える問題についても論じた、押井哲学の集大成とも言える一冊。

L690
街場の親子論
――父と娘の困難なものがたり

内田　樹＋内田るん 著

わが子への怯え、親への嫌悪。誰もが感じたことのある「親子の困難」に対し、名文家・内田樹さんが原因を解きほぐし、解決のヒントを提示します。それにしても、親子はむずかしい。その謎に答えるため、1年かけて内田親子は往復書簡を交わします。微妙に嚙み合っていないが、ところどころで弾ける父娘が往復書簡をとおして、見つけた「もの」とは？　笑みがこぼれ、胸にしみるファミリーヒストリー。

L699
たちどまって考える

ヤマザキマリ 著

パンデミックを前にあらゆるものが停滞し、動きを止めた世界。17歳でイタリアに渡り、キューバ、ブラジル、アメリカと、世界を渡り歩いてきた著者も強制停止となり、その結果「今たちどまることが、実は私たちには必要だったのかもしれない」という想いにたどり着いたという。混とんとする毎日のなか、それでも力強く生きていくために必要なものとは？　自分の頭で考え、自分の足でボーダーを超えて。あなただけの人生を進め！